总会有相认的方式

红线女 著

陕西新华出版
太白文艺出版社

图书在版编目（CIP）数据

总会有相认的方式 / 红线女著. -- 西安：太白文
艺出版社，2024.1
ISBN 978-7-5513-2496-0

Ⅰ. ①总… Ⅱ. ①红… Ⅲ. ①诗集－中国－当代
Ⅳ. ①I227

中国国家版本馆CIP数据核字(2023)第185774号

总会有相认的方式
ZONGHUI YOU XIANGREN DE FANGSHI

作　　者	红线女	
责任编辑	蔡晶晶	
封面设计	王　正	
版式设计	宁　萌	
出版发行	太白文艺出版社	
经　　销	新华书店	
印　　刷	四川科德彩色数码科技有限公司	
开　　本	880mm×1230mm　1/32	
字　　数	130千字	
印　　张	7.5	
版　　次	2024年1月第1版	
印　　次	2024年1月第1次印刷	
书　　号	ISBN 978-7-5513-2496-0	
定　　价	79.00元	

诗歌让我们成为时间的同路人

吴昕孺

2005年，和小燕在诗屋论坛相识，至今快有二十年了。

要在年轻时，会觉得二十年该有多么漫长啊！的确，一个二十岁的人都是大学生了，浑身焕发着青春的气息，将自己的父辈逼入老境。

可现在，就觉得二十年也不过弹指一挥间。像一只燕子，在热风冷雨中几个往返，就将一大段光阴剪得细细碎碎，有如松针满地，落英缤纷。

2007年，小燕在中国戏剧出版社出版她的诗集《风中的眼睛》，请我写一个跋。我就写了一篇《冰火熔铸诗人心》。那时，以我对她不多的了解，感觉她是一名在冰与火中淬炼的女子。一方面，生活给予她巨大的困境。很多人的日子里淌着蜜，或者是一杯冒着气泡的饮料，再不济也有杯凉白开，而她的日子是药汁和着泪水。另一方面，诗歌又赋予她巨大的激情。可以说，生活给予她的困境有多大，她从诗歌中攫取的激情就有多大，甚至还要更大一些，大到足以让她在困境面前变得平和而坚定。

十多年过去，生活中的困境一点也没有减少，但小燕的文学步履日益笃实，文学气象日益阔大，文学境界日益高远。我后来又陆续读到她的诗集《手指上的月亮》、长诗《大千大足》，尤其是长诗《大千大足》，让我想起2001年，我唯一去过一次重庆，那时不认识小燕，我先在她的老家，见到了闻名中外的大足石刻。在我数十年行旅生涯中，大足石刻那不可思议的奇观深深嵌入我的心田，此后虽然没有机会再度身赴重庆，却无数次登临宝顶山，沉浸在六道轮回图、广大宝楼阁、千手观音、释迦牟尼涅槃图、牧牛图等营造的佛教世界里。这种由真实情境生发而成的梦幻，这种被梦幻色彩牢牢牵系住的真实，经由小燕一唱三叹的诗句得以强化，并逐渐转化为我内心的风景。

大足石刻和小燕的诗歌同时告诉我，所有神性，都是人性在苦难中闪烁的光华。于是，她的写作，从最初娇俏中略显羞涩的《频来入梦》，到坚忍中略显迷茫的《风中的眼睛》，再到雍容华美、气势宏阔的《大千大足》，最后到这部回归朴素日常生活却笔力深沉的《总会有相认的方式》，这是一个自洽的逻辑闭环，也是一个自足的情感世界。

《总会有相认的方式》的前两辑都写人。如果说苦难夯实了诗人的生活底子，诗歌则改变了苦难的悲情底色。在"醒着的人"这一辑，小燕写到了各种各样的人。坐轮椅的人："她总是打开半扇窗／把一只手伸出窗外／像一只被放生的鸽子／悄悄回到人间"（《她》）；留级生："他坐在最后一排／一个人，没有同桌／流着绿黄绿黄的鼻涕／和四年前一样"（《他》）；有病的孩子："乐乐先天性唇腭裂／做过两次手术／他的脑髓里／有一枚早熟的樱桃／是上帝放进去的肿瘤／乐乐很痛的时候／就在地上打滚／或者乱摔东西"（《乐乐》）；卖菜的老妇人："周围有豇豆、黄瓜、西红柿／李子和玉米不是蔬菜，但夹杂其中／她的拐杖很旧，像九分之一月亮的影子／她颤巍巍地站着，湿透的身子似乎更小／俨然那些雨，成了黑暗和寒冷的丝线／植入了她的神经和骨头"（《有雨落在她身上》）；因车祸意外身亡的女友："我熟悉／你的味道／当所有的果实消亡／你一直在我的世界／漫溢"（《杏儿》）……这些人要不处于混沌状态，要不埋没在社会底层，有不少已永诀人世，但诗人用自己的笔力与深情，让他们在诗句中一一"醒"来。

在这个世界上，卑微者能进入大众视野，甚至跻身史册，死去的人能留下他们的事迹和思想，甚至代代相传。这不正是文学的魔力所在吗？

第二辑"儿子的码头"，当然是写给儿子的。这也是小燕诗歌无法回避的主题。儿子总是母亲最爱、最疼的人，是母亲的无比坚强之源也是无限脆弱之地。这一辑中的作品都不能当寻常诗歌来读，我觉得，它们组成了一部母亲护儿、育儿、教儿、怜儿、惜儿的"圣经"。

"我们不躲！／我们要允许苦难／不断地变形／或再生／并当着生活的面／舔自己的影子。"（《儿子》）

"我是真的相信了你／就像现在，妈妈深信你匀称的呼吸后面／一定藏着微笑、智慧，还有好运／一定只是蛐蛐们／自作主张地在你梦外，不停地叫我／／仿佛要把妈妈一个人的夜晚，弄哭／或者干脆把妈妈一个人的夜晚／弄得整夜无眠。"（《蛐蛐叫了》）

"没能给你美玉和火焰／没能给你富足和完整／在阴影和疼痛之间／我只能扮演秘密父亲和爱你的妈妈／我们甚至遗失了小马车／没有人看见我们总在捡石头／／当黑色的夜落在世上／儿子，我们自己碎石，取火。"（《我们自己取火》）

"我们的路总在拐弯／儿子，快上树吧／穿过妈妈的掌心／踩着妈妈的微笑／向上／一直向上。"（《赶快爬上一棵树》）

"言言开始收书包，她开始关电脑／她牵着儿子的手，儿子搂着她的腰／他们走出了校门，走在回家的路上／那时天空很矮，可以看见星星在门口等待／／沿途有斜坡，有拐弯／像深渊漫漫，又漫漫／像门里长夜那么长，那么长／是啊，星星做不了御寒的衣裳，也没五花马／他们须快跑，他们不悲伤。"（《依靠》）

……

我想，在无数个日日夜夜，从儿子的出生，一岁、三岁、五岁、七岁，到十三岁、十五岁、十八岁……几乎没有一个幸福的母亲，不是在辛劳和期盼中看着孩子长大的。但很少有像小燕母子俩，是带着天生的疾病，和疼痛，和血泪，和奔波，和手术，一起"熬"过来的。我透过这些诗句，都能想象母子俩与病魔做斗争时的那种惊心动魄与寝食难安，但他们却是每一天都在战斗，都在抗争。年轻的母亲将全部的爱倾注在儿子身上，然后不停地用诗歌来为自己鼓劲、赋能。无论在生活中，还是在文学上，小燕其实都已缔造了自己的传奇。

她就是一个奇女子。

第三辑中有一首诗引起了我格外的关注。

我们在雨里醒着

我们说长沙，说相见，说五年的时光

一转眼就撞在了墙上

我们像酒瓶一样裂开，汩汩的香

扑面而来。我们抓住酒

我们抱住酒，一些急急的闪电，在我们的唇边

撕开黑夜

奔向我们的内心

我们又说到"红"

一些狭窄的生命，在尘世

被挤来挤去

还有谁在意，曾经，现在，或者以后

会不会永恒，会不会光亮，会不会没有言语

而只有泥泞之路

在蜿蜒的别离中

湿了双脚

终究会干的

我们都会很在意——

没有永恒的雨，没有永恒的红，不会有永恒的黑，与光亮

我们能互相享用

这雨，炭火，明亮的大脑

我们能互相照亮

这伟大的，让我们头晕目眩的日子

即使黑夜

纹丝不动

我们

已彻底地湿

《在长沙说雨》

2009 年冬天，在北京鲁迅文学院高研班学习的小燕，随全班同学来湖南开展采风活动，他们要在火车站附近的白云宾馆住一晚。我和欧阳白闻讯，邀了几位青年诗人，把小燕请出来吃饭，喝酒。

那天下着长沙冬天难得一见的雨，淅淅沥沥，就像到了春天一般。气温并不低，或许是诗友相见把气氛给烘暖了。欧阳白领着一干青年诗人不停地喝，硬生生地把外面的雨给喝停了。小燕则拿出小学老师的底气，不停地说。她很少说自个儿的事，那时她进入诗屋论坛恰好五年，我们认识也差不多五年了，仿佛积蓄了说不完的话。我们聊诗人之间的交往故事，聊她当年那个"巧合"了某知名戏剧家的笔名，聊她诗歌中出现得最多的意象"红"……

一晃又是十多年了。

我不知道小燕为那次见面写了这样一首诗。读到这首诗，我们唯一一次见面的情景便历历在目。是的，谁也无法战胜时间，但有了诗歌，我们或许可以成为时间的同路人。那样，我们就有足够的力量，不怕被闪电撕开的黑夜，不怕挤来挤去的狭窄的尘世，不怕泥泞之路，也不怕"蜿蜒的离别"，因为诗歌能让我们"互相享用""互相照亮"。

是为序。

2023 年 5 月 1 日于长沙望城吴家冲

吴昕孺，本名吴新宇。中国作家协会会员，湖南省作家协会教师作家分会常务副主席兼秘书长，湖南教育报刊集团总编辑，湖南省"三百工程"文艺人才。出版诗集《原野》、少儿小说《牛本纪》、随笔集《心的深处有个宇宙——在现代诗中醒来》、长篇小说《君不见——李白写给杜甫的十二封信》等二十余部。

目 录

第二辑　儿子的码头

第一辑

醒着的人

总会

有相认的

方式

她

她一直坐在轮椅上
坐在四川达州
庙坝下街 26 号
在很黑很黑的夜晚
看星星和月光坠落
看黑暗掩埋人世流长

她总想躲在世人的目光外
用死亡把自己救赎
用影子走路
用梦说话
用诗歌中的姓名与自己做伴

然而，她总是打开半扇窗
把一只手伸出窗外
像一只被放生的鸽子
悄悄回到人间

他

他坐在最后一排
一个人，没有同桌
流着绿黄绿黄的鼻涕
和四年前一样

他是上个年级留下来的差生
每次只读到一年级末
就下来了。很例外
在我班读到了三年级
去年我去乡下支教
他就换了语文老师
数学老师还是我老公

这学期，我叫老公
继续把他留下
无论他的鼻涕有多长
如果语文老师允许
就让他坐到前排
靠近丁香花的窗旁

大哥

你背我过河
瘦瘦的脊背像记忆里的木板床
你给我梳辫子
捉粉红的蝴蝶戴在我头上
帮蚂蚁搬家蟋蟀爬树
和知了一起眺望远方

后来你牵着我
穿过小桥走出大山
城市的雨比故乡冷
再后来生活取走了我心里的火焰
风更紧紧地吹
你就站在风口
坚毅的眼神
那么深那么深

小弟

小弟用尽力气搬动生活
搬动脑瘫儿子
搬动日渐沉重的躯壳

小弟是下岗工人
他曾守卫祖国边疆
最爱最爱的姑娘
远嫁他乡

黄昏越来越早
灯火越来越暗
他躲进贫瘠的身体繁殖疾病

我亲亲的小弟
不敢对日子说心里话
更害怕，偶尔的
繁星闪烁

他吃空心面包
咬住舌头
吃忍不住的哭声

乐乐

乐乐一直
像蝴蝶一样睡觉
安静地笑无声地哭
他不会叫爸爸和妈妈
更不会读书写字

乐乐先天性唇腭裂
做过两次手术
他的脑髓里
有一枚早熟的樱桃
是上帝放进去的肿瘤
乐乐很痛的时候
就在地上打滚
或者乱摔东西

乐乐今年四岁
他的眼神冰凉冰凉的
像白棉花一样
游走在人世

病孩子

他坐第一排，还看不清黑板
他用牙齿咬铅笔，用脏手抓眼睛
他是留守孩子，只和爷爷在家

他又没做作业，课文一篇也背不了
她想帮他写字，也想帮他背书
她想帮他看黑板，甚至就想做他的眼睛
她想干脆背着他跑

现在她带他到办公室
让他坐在她的身边写字
那时太阳已在山那边
他总在写错字，还用脏手抓
她一直咬着嘴唇，一直给他擦

稻草人

他喜欢喝酒
他喜欢摇晃
他站在我家窗台上
有时给麻雀念诗
有时和小熊歌唱

他不再像月亮
他孤独地睡觉
打冰凉的鼾
嚼瘦削的稻草
把自己交给旧

我越过窗台
牵他的手
大声喊他的名字
寒气穿透我们
回声时远时近

他和它

它佝偻着，浑身发抖地趴在地上
眼睛一动不动，看不出一丁点表情
本来就短短的尾巴，因为瑟缩着，现在更短了
几乎看不见地藏在灰色的身子里
左腿耷拉着，凝血的伤口像儿子看它的眼神

儿子把它抱起来，用手摸它的背
它紧贴儿子的胳膊，慢慢停止了抖动
儿子无法想象猎人是怎么弄断小兔的腿
他不知道它曾经如何鲜活地奔跑在这个世界

但他知道它很快会成为人间美食
他只紧紧地抱着它，像哥哥和弟弟
一动不动地等待命运的裁决
直到消失或再生

有雨落在她身上

这是农村商业银行门前的空地
不知名的行道树挨挨挤挤
没有下过瘾的暴雨，藏在树叶里
来来往往的车声和喇叭声彼此嘶喊
雨就掉下来，落在她的身上

周围有豇豆、黄瓜、西红柿
李子和玉米不是蔬菜，但夹杂其中
她的拐杖很旧，像九分之一月亮的影子
她颤巍巍地站着，湿透的身子似乎更小
俨然那些雨，成了黑暗和寒冷的丝线
植入了她的神经和骨头

风偶尔会来过问一下
仿佛黑暗的否认者，让我从
一场暴雨的背后去论证
一位八十二岁的老妇那低矮的菜篮
一位八十二岁的老妇那强悍的生命

豇豆们、黄瓜们、玉米们、李子们
旋转于四面来风，击碎了整个夏天的午后

大街上依旧车水马龙，歇了一阵的暴雨
又举起喧闹的大海，前仆后继
而她依然颤巍巍地站着，又颤巍巍地坐着
面前的菜篮里，三把青菜一动不动
仿佛要和世界一起毁灭

喊号子的人

必须重重地写上一笔
他们绝不是空的，绝不是矮的
他们披着的蓑衣，戴着的斗笠
身上的碎花蓝布衣衫
都是迈着大步
被汗水浇透了的

弓步、弯腰、前倾、后仰
每动一次，一些声音就被挤出来
像大提琴被撕裂后
不容置疑地跌落下来
像被扔出去的石头
沿着生活的轨迹
免费或者廉价地在岁月里穿行

他们俨然不是在歌唱
这些年老体衰的川江号子
在深谷里
在激流之上
从树梢飞向树梢
从乌云飞向蓝天。像云雀

沿着自我存在的边界，抵达
生活的极限，直到沉下去
或在稀薄的氧气中，变哑

花袖子

他沉睡多年
麻木使劲膨胀
精确地击碎他的记忆、诗歌
他的硬壳和蓝色的浆

我用秋色饮他
敞开自己宠他的小酒量
他不小心跌进我的花袖子
把一些阴影撞开
阳光沾满酒气
藏进深处

他在袖子里转来转去
有点像醉
许多小酒鬼在十月临盆
他们的精血变蓝，瘦削，闪光
不断向我
倾泻

老六

用曲靖话写诗念诗
用曲靖话叫线线的名字
然后夸张地大笑
仿佛要把滇池燃起来
我还没来得及听懂
他却固执地扶着月亮
要和离开人世的妈妈说话

他说他混过社会做过爷
他总在他的菜地里横着走
他做过歌厅老板
他说长安楼的姑娘很可怜
他要送女儿离开大山
他要刮掉胡子像诗人一样
做某某公园的保安

我皱紧眉头
我不忍心告诉他
我不小心
打碎了他的大烟斗

蓝

这次我说的蓝
和天空无关，和大海无关

蓝衣服
蓝裤子
蓝帽子
还有蓝挎包
从京城的那一边
风尘仆仆地
落到荣百商场 A 座
落到深深的雪里

他远远地站着
蓝色的光焰欢笑着
跳跃着，几乎触到头顶的阳光
短短的一瞬
就温暖了我们

杏儿

他们都叫你死鬼
死在高速路上的年轻女鬼
无家可归

孤魂野鬼。我知道你是
一枚青杏
神秘、甜美、善良
出奇地安静

我等你四年了
我家的门还朝北开着
你回来不用敲
我的麻将凉席没换
电脑还在书房
我们可以继续
聊天、看书、上网

我熟悉
你的味道
当所有的果实消亡
你一直在我的世界
漫溢

一株姓李的树

山茶花、樱桃花、海棠花们
把春天捂得很深的时候
你就站在大门口

其实就是一株姓李的树
长着和你一样的影子
还有满树的繁花
白是白得很
像人群中，你偶尔闪过的眼神

是我熟悉的，但的确是第一次见到的树
我不想按时间分类，更不想
在春天走失。那些被我们
努力嫁接在枝头上的心跳
成了偶然

我不想浪费时间去寻找因果
李树就是李树
那些飘飘飞飞的白花停下来
仿佛在告诉我
你只是你

我无法原谅这满地的落花
就像我不会原谅，你一直就站在门外
昨夜的盛开，今日的残茶
决绝地，隔我们于世界的两端

我想安于此地

——致林徽因

你穿着十六岁的长裙
和父亲一起，站在月亮田，站在灰墙上，冲我笑
明眸照亮了国徽上的麦穗，照亮了最高的树、最高的山峰、
　　最高的建筑，成了永恒的太阳

你一定知道我是寻你而来的
关于四月天在人间的消息曾经升起又落下
关于中国古代建筑学的仁爱与宽厚
关于有人孤寂终身而誓死不悔的爱情
我无法不介意。但我更介意

此刻有雨从四合院的天空落下
淋湿了墙角的艾草、没有雕花的格子窗
生锈的铁锁、整整六年的病榻，以及小小的肺结核
成了灰色的气息
一种沉重而寒冷的灰色气息

徽因，我不是来旅游的，而是来生活的
我想借你的木房子，与雨为邻、与灰色为邻

永远安于此地，像你一样存在
我将理解你的生活，如同理解我的一样
无论它可见，或不可见

那时，有血在夕阳下飞扬

——致贾岛

传说中的你的那头毛驴
是不是张开四蹄，或挥舞着翅膀
着急着离去？它是不是
在穿过唐朝天空的时候
一不小心，从人们的视野里消失
又一不小心，掉在了你的坟前

现在它变成了一只狗
就在你的边上，穿一件黄昏的衣服
外搭一条铁链子

这只狗被套得很牢固
无论它怎么摇晃，怎么跳跃，怎么呐喊
铁链子都一动不动，像一棵树
根植于你，又在它的体内发了芽

可我还是听见你那颗不安的、嘭嘭跳动的心了
这只陪着你的狗，像极了曾陪伴你的毛驴
它们被掌控的命运，以及它们疯狂的孤独
那么疯狂地浸淫你，把你变得比这个时代

更幽暗，似乎浸满了血
以至于许多的爱，无法进入
以至于，我们只能看见
那些血，在夕阳下高高飞扬

我该抱紧你的

我在喊你，春生
你孩子一样的名字
被藏在了春天的地下室
藏在了我永远喊不出来的哽咽里

我知道你不会回应我了
那从盐城飞来的风，从非洲带回来的尘土
穿过凌晨两点的北京机场
在 301 医院沉静的病房落下来
以至于我完全忘记了恐惧
病痛和绝望
我听到你在喊我
我甚至看见你在黑暗中伸过来的双手
取走了我所有的黑暗

已经两年了
无边的回忆里
你爽朗的笑声
像天空中泼洒的山泉
像夜晚盛开的晚香玉
深不可测却又香气迷人

我该抱紧你的
或者像小女儿一样拽住你的衣角
就算群山升起紫色的烟雾
星星逐渐消失
我也不放手

三月

他们又在说海子
说面朝大海春暖花开
似乎所有的三月
都被铁轨压得畸形了

而我仅有的三月却是你的
每当大地心疼得张开怀抱的时候
我只能紧紧捂住我们的酒
那不见不散的酒
那不醉不归的酒
那魂归大地的酒

你终究是被三月带走了
仿佛你面对的不是死亡
而是你嘴边不易察觉的微笑
醉酒后吐出的袅袅烟圈
或是清晨里最小的一滴露珠

我甚至不想向世人说起你的名字
在被你带走的三月里
一直藏着我们继续生长的灵魂

和深重的倒春寒
像身体里的病毒和解药
在每个黎明醒来的时候
悲伤地哭泣

请允许我想想你

你站在远处
很远很远的远
孩子一样的嗓音
透明，闪亮，披着光的波纹
一漾一漾地，穿过那夜的天空
齐刷刷地，落在我的窗前

真的只是窗前，还差一点点就可以进来了
请允许我想想你，想想
此刻你在哪里
饮下的酒是不是已经冷了
像长长的人世
空荡荡的房间

我试着给你喊话
试着把你从那些酒意中拽回来
出租车来了
你逆风而去

黑色夜晚依然很远
天空中那群饥肠辘辘的雨

似乎更想你
密密麻麻地，从四面八方降落
盖住了汽车过后飞溅的水花

我突然有些悲伤
只差一点点的那些光芒
还在窗外，甚至还在雾中

我还想叫你姐姐

我居然对着你和梅花说了这么多
新年的钟声响了，虽然我有些哽咽
虽然我没能听得明白
但新的岁月真的来了，你的生日真的又到了

三年了，我总在心里这么叫着你
姐姐，你一定是清楚的
我还想继续叫你，姐姐，你也一定是明白的
我还想继续跟你说桃花，说荷花，说梅花

现在天光已经大亮
我还在固执地跟你说着这些隐蔽的花儿
以及她们的香，她们的伤，她们的刺，有些不合时宜
可我又是多么固执地想告诉你

在我活着的困苦中
你总是让我变得那么辽阔

消失

你倒竖的八字眉消失了
你清瘦白皙的脸消失了
你炯炯凝视我的眼神消失了
你每天清晨印在我眉间的吻消失了
你每天深夜拥抱我的体温也消失了

父亲的骨癌越来越严重
母亲的胰岛素还得加剂量注射
儿子上学的路上，沿途
有很多红绿灯和十字路口
许多许多的风，从四面八方吹过来
穿过许多许多没有你的日子
落在窗台上，落在屋檐下
落在挤挤挨挨
你来不及兑现的誓言里

我想大喊，我想使劲哭
我想让天空变得混乱
白云再也不会随心所欲地飘
我想让黄昏不要来

太阳和星星一直都在
可你真走了，就像你曾给我的黄月亮
永远在我们的世界里熄灭了

第二辑

儿子的码头

我们

七月一直
往风的眼里塞沙子
下暴雨和刀子
弄碎夏天和黄衬衫
砸伤小指头和旧翅膀

我们开始下雨
我们乘坐的火车开始下雨
铁轨锈蚀
有人徒步
有人单飞

我没飞
我只想在七月
打开身子，把风
让进来，把刀子
让进来

儿子

我给你假装幸福的空气
蓝色的天空
黑色圣诞节
和假装完整的吻
我发誓我是爱你的
星星逐渐黯淡
孤零零地光着脚
没完没了遭受寒冷的时候
我没躲，并试图把一面墙推倒
把一个假装的父亲埋掉
哦，儿子！
我们不躲！
我们要允许苦难
不断地变形
或再生
并当着生活的面
舔自己的影子

把生命从尘埃里捡起

十三年过去了。十三个夏天
还有十三个漫长的冬天
我们的身体一直处于休眠状态
痛苦和伤害偷着入侵
在别人遗忘的地方
任凭雨打风吹

我们小心翼翼地走
在玩具店前寻找童年和笑声
在纸飞机坠落的地方找父亲
那些在黑夜里频繁出现的噩梦
总是戴着面具
出现在白天
或生活的背面

而信念绝对不是虚妄的
我们总在影子下看清事物的本真
背叛，抛弃，贫穷和疼痛
曾深深地压迫我们一起搏动的血脉
可十三年过去了

十三个冬天也过去了

还有十三个春天

我们热爱森林、草原和大地

果酱化了

十二年前，妈妈不会画画
把你藏在子宫里
淡黄的小月亮
甜甜的红太阳
都会在你出来那天变成果酱

子宫里长满星星
你躺在上面给妈妈写信
把你知道的一切都告诉妈妈
告诉太阳和月亮

那封信被生活的闪电切开
你在那个一直多雨的夏天降临
太阳和月亮没来
我们的果酱化了

圣诞树还在树上

这么多年，我们俩
一直被一则童话抛弃
充气的塑料飞机
昂贵的玩具车
都在安徒生的圣诞树上
从烟囱里滑过

妈妈曾努力爬上一棵
黑皮肤的树
努力为你摘樱桃、玩具车和
卖火柴的小女孩

一根刺挡住了我们
隔着时间
那根烟囱一言未发
圣诞树，还在树上

蛐蛐叫了

它们真的在喊我——
一遍，一遍，又一遍
从夜晚的四面八方
从妈妈的心里

我不用特别仔细，就能听到你的声音——
妈妈——
别担心我——
我很好——

我是真的相信了你
就像现在，妈妈深信你匀称的呼吸后面
一定藏着微笑、智慧，还有好运
一定只是蛐蛐们
自作主张地在你梦外，不停地叫我

仿佛要把妈妈一个人的夜晚，弄哭
或者干脆把妈妈一个人的夜晚
弄得整夜无眠

总会有相认的方式

仿佛还是昨天——
仿佛我们都不愿过多地回忆
仿佛我们共同拥有的那些日子
仿佛还是在昨天——

这是无法回避的事
即使一想起你
那个夏天的暴雨就会延续到今年

痛苦是一定的
辛酸更多些
隔膜也是有的
而我的爱，确实比此刻的雨要多些

十八岁太年轻
可以盛气凌人地拒绝
温暖和光亮
躲在暗夜，在游戏中诅咒
或者厮杀

但总会有一种相认的方式

不管世界的雨要下多久
流水满地，落花浮在上面
像你紧闭的门，和站在门外的我

成人礼没法做了
现在我们远隔着
无数的雨，和眼泪
我一定会找到你认出我的方式
会让一种血
认出，另一种血

月亮躲起来了

说了那么多话
月亮都躲到夜晚的后面了
仿佛在皱眉头
在内心嘀咕某人多么唠叨

我是太久没抱你没听你笑了
你总是背对月亮
来时的路，和最后的方向
都被你贴在了最叛逆最阴冷的青春期

你总是关着你的门
我对你似乎没有要求的权利
因为愧疚，黄昏总是提前来临
而我对你的爱，总是没够

我知道我多么爱那不会发光的月亮
但她躲开了
所有的叹息、沮丧、担忧与焦虑
给了今生，这唯一的母亲

未来的我们，必须独立生活
很多年之后，我们终会再见
但都将陌生，没有来世

我没有看见他越过

他又躲进去了
迷茫，充满怨气
像从天空中掉落的群山
时时刻刻压在我的心头

这些年，我们一直走在路的两边
仿佛是平行的，有时好像又有交叉点
当我伸手去握他的时候
那个小点
又跑到了多云的山坡上
像个悲哀的歌手
唱着沉默的歌

我真的看见那样的坠落
像嘚嘚的马蹄正要离开腐朽的栅栏
像枯藤上残留的黑葡萄正在落下
在群山的隘口，他俯视着一切
年和旧风俗
粗糙的亲情
不被理解的爱和家人
似乎都挡住了他

我没有看见他越过
他做了迂回的闪电
并躺在闪电中
紧闭双眼
一动也不动

我们在黑暗里相视一笑

言言，医生要给你做耳朵
言言，医生要给你修脸
言言，医生要拆你的头骨
言言，你怕不怕

妈妈，以后再没人叫我小耳朵了
妈妈，以后我就能听见你偷偷哭了
妈妈，我的骨头很硬
不信，你摸摸

夜不动声色地漫下来
盖住了整个黄昏
我们从黑暗中伸出手
互相抱着
贴紧了大地

依靠

言言开始收书包，她开始关电脑
她牵着儿子的手，儿子搂着她的腰
他们走出了校门，走在回家的路上
那时天空很矮，可以看见星星在门口等待

沿途有斜坡，有拐弯
像深渊漫漫，又漫漫
像门里长夜那么长，那么长
是啊，星星做不了御寒的衣裳，也没五花马
他们须快跑，他们不悲伤

儿子的码头

朝天门的风
永远在此地游荡
沿着一种高度
等远足的人进入

儿子双耳失聪
他的码头和朝天门的喧嚣无关
儿子没有船
和进入无关

他一直安静地
站在朝天门的肩上
眺望远方的蓝
幸福的高度
比远方更远

我们的列车

一

1390 次列车穿过重庆驶向北京
两路口的路以及菜园坝的远方，被雾
那么严密地笼罩着

此去的路多么不值得信赖
1390 次似乎更不值得信赖
它在冰冷的铁轨上蠕动、爬行

二

漫长的六月更长，更远，更难以忍受
陌生的站台里，那些陌生的恐惧
陌生的疑虑，更多陌生的慢

我和我的儿子
剧烈地咳嗽，急促地呼吸
甚至大口大口喘气

盛夏的风似乎焦虑起来
它滚滚向前
撞碎阳光

碎片跌进铁轨的回声里
仿佛要把过去和未来
撞散，又重新拼凑在一起

三

可这样的拼凑又有什么用呢？
和我一起出发的那些雾
越来越浓，越来越紧

在黑夜和黎明之间
严密地笼罩了儿子的码头
把生活变成许多噩梦

多年以来我无法苏醒，无法喊痛
只能把一些钉子狠狠地扎进腰部
狠狠地，挺直，再挺直

时常俯下身子吃蝗虫、野蜂、蟑螂和蚂蟥
像男人一样喝大碗大碗的酒，说粗鲁的话
然后我成了树，不是白杨，是臭椿树

总把锋利的斧子放在我的根上

凡不结好果子的枝丫，就砍下来丢进火里
看它们哧哧地燃烧
有时流血
有时流泪

四

其实，我多么深爱北京的白杨
它在北方的大地上
有时在我诗中
有时在我梦里

坚挺，伟岸，从容
任凭再浓的雾、再大的沙尘暴或
再冷的霜

我是南方的瘦土，只适合饲养臭椿树
它们像我的儿子们
微涩，大苦，多灾多难

它们一直在我黑暗的喉咙里
在我骨缝间
在贫血的刀口上

五

但和我一样，它们也有

自己的天使
自己的方向和归途

就像我们的列车
在浓雾中穿行
穿行，最终将把我和小指头
带到同仁医院

这里将有很多神明
他们发出很多声音
当我在重庆的大雾里挣扎
在儿子的码头盲目地眺望远方
在两路口徘徊
在临江门哭泣
在菜园坝坐上 1390 次列车
他们和你一样
用歌声和星星牵引我

六

还有许多天使
他们也和你一样
在没有星星的地方
微笑着落到人间
太阳亮晶晶地走出来
走进我们的病花园

无边的黎明
一次又一次
吻儿子
听不见声音的耳朵

小矮人

一

顺着咔嚓的响声
他摸到世界的眼睛
哦，真不容易
他挤破了妈妈的肚子
才来到人间

像童年的小马车
咕噜咕噜地穿过燕子河
穿过密密匝匝的晨风和夜色
穿过梦中的微笑、沉睡的幸福、飘零的落叶
在岁月的深处打开自己

二

他和妈妈躲在尘埃后面
容忍唾沫横飞
世人手指乱舞
他藏进妈妈的怀里

只露出一只眼睛
和一只耳朵

漆黑的夜里
戴眼镜的老鼠不再歌唱
还带走了他的小马车
他常在梦魇深处哭喊——
爸爸！爸爸！

他总是高烧不断，咳嗽不止
他们穿梭在县医院
和乡村诊所之间
像充气的塑料飞机
不断上升，上升
冷空气袭来
击碎他
和童年的梦
他轻轻地散落，散落

落在另一人间
那里遍地石头
像妈妈的脸
像窒息的忧伤
像不透气的皱纹
一道道
一道道
穿过岁月的窄门

门前落满桃花
门后遍地荆棘

三

他们一起捡落花
满手是血
满身也是
他们堆花坟
写没有名字的墓碑
他们都不说痛
也不问为什么

他帮妈妈斩荆棘
茂盛的刺，刺伤他
他怨恨，逃跑
学会假和狡辩
把妈妈当作敌人
流出的血
故意染上病毒
一次次，抹在
妈妈的心口上

四

妈妈咬着牙
整天种粮食

种新鲜的血液
除杂草、洒农药、灭害虫
让鲜红的血
一次又一次进入他

从低处到高处
从白天到晚上
妈妈努力驱赶疾病
奔波、往返，像风
强行穿过厚厚的墙壁
她的头狠狠地
砸天空和大地

五

他疼醒
在漆黑的夜里
他又看见戴眼镜的老鼠
偷吃妈妈的粮食

妈妈独自清扫尘土
尘土飞扬啊
妈妈一会儿白一会儿黑
她一边扫，一边哭
像夜一样，枯萎

他必须长高

必须像明亮的石头
穿过天空
穿过妈妈的心
他必须有光的形状

一岁，五岁
八岁，十岁
他终于十三岁了

他送妈妈解酒灵
止痛药、鲜花和巧克力
他们一起
在时间的餐桌上
痛饮所有的痛与空
像情人
一样拥抱

小指头

一

还有一个小的
小指头的小
一动不动的小
躺在重症监护室里

保温箱很暖
微微亮起的光，彻夜
彻夜照着
他发紫的小脸儿
小手儿和小脚丫
微微的呼吸
像医生手里的干棉花
那么薄
像天生的纸
那么轻

二

一躺就是六天
小指头睁开第一只眼
像一条细小的裂缝
像一弯静止的小溪
像一抹微弱的烛光
像一段艰辛的旅程
沉睡之后，他
终于发现世界

或许是墙壁上刺眼的白
尖尖的针尖的尖
红红的血浆的红
输液瓶汩汩冒着气泡
或许是妈妈撕心裂肺的叫喊
弄醒了他

又过了三天
他睁开第二只眼
他用两只眼看世界

三

像一把钥匙，他
迫不及待打开的门里
居然没有声音

没有被说出的世界
像雪，扑向他
多么艰辛的世界
他和他的妈妈
像上帝碾碎的面包
白生生地疼
硬生生地疼

四

他和他的妈妈
拒绝喊疼
如拒绝漠然的风

可疼，卑鄙地
压过来
把先天性面部畸形
眼球退后综合征
神经性耳聋
传导性耳聋
小儿脑萎缩
挤成另一种畸形

五

它们，打倒了妈妈

她躺在大地中间
黑暗的深处
泪水像黑夜
淹没了她

小指头很小
他不懂绝望
他吃无声的苹果
吃黑色药渣
嚼碎妈妈的哭

他哭，沾满
俗世的灰尘和惊悸
忍不住的雷
撕裂的闪电
连绵不断地
抽打天空
溅起的碎片
开始有了血色
和温度

六

妈妈站起来了
她站在菩提树下
像夜莺开始歌唱

她咬破舌头
从墓穴中走出
她要领着小指头
到新上帝那儿去
重新起誓

这夜晚的风

马路上的汽车似乎起得越来越早了
还不到凌晨三点，它们就轰鸣着呼啸着
过我的窗前
又向前跑去

我仔细看了的，今夜无雨，也无月
我还仔细听了，没有风从门前经过
大概它们想要留着力气
明早送你去考场

再看了一遍天气预报——
重庆，阴转小雨，21 摄氏度至 25 摄氏度
应该不会热，也不会闷吧
这夜晚的风，一定会在天亮的时候轻轻响起

一定会像妈妈的手
或许，会更像妈妈今夜的眼睛

高考之夜

不去看你
不给你送吃的
不在你身边唠叨
甚至远远地望着你都不行

想打个电话
听听你的声音
是否顺从于被安静遮盖的睡眠之下
或者像萤火虫一样，正在潮湿的大地上，发出微光

要不发个短信也好吧
可是说什么呢
一个问号，一个感叹号
或者一个省略号

唉，这该死的夜晚
天空只是一张无边无际的网

最近我总是犯困

重庆最近总是 40 摄氏度的时候多一些
空调的冷，还没来得及说出来
暴雨就接踵而至
淹没一些灾难，成全另一些灾难

南瓜花躺在污泥里，仙人掌也是
我们家的十八楼，陷入了紧密的闪电和雷声中
外公的哮喘声似乎比云雀飞得高
外婆的糖尿病、心脏病、高血压，俨然泄密者
窥探着，计算着，来世和现实的路途

唉，今天早上，我又骂了弟弟一通
十三岁的他，已经有了你十三岁时的模样
更重要的是，有了你一样的叛逆，和与我的壕沟

我还在挺着腰杆走很远的路
还有几本书必须写
买房子欠下的债还得还清

但我最近总是犯困，总是在——
你不理我的时候，就睡过去了
继续不理我的时候，又醒过来了

我们互相抗拒的日子到此为止

这样的想法也只能是假设
这让我无论从哪个角度出来都很悲伤
的确你只是不发光的月亮
甚至被撒谎的阴影笼罩着
太阳和星星不属于你
它们的光芒只是妈妈的红眼病

我把十八年的眼泪又集中在一起了
我把十八年前的折磨又找回来了
此时，你蜷缩在你的世界
多年以来我赐予自己的利剑毫无用处
你进不来，你出不去
我出不来，我进不去

该怎么办呢？孩子
除了爱你，我还是爱你
我一次又一次被你逼迫而举起的巴掌
那么高那么高
却一次又一次地落在我心里
疼痛难忍的时候
它们就迸出血来

你还蜷缩着，月亮的阴影盖住了你
抑或是你们互相的阴影盖住了大地
我们彼此的抗拒无法消逝
整个夏天
我们都在为阴影而战
而且，都遍体鳞伤

你的武器

其实就是沉默，死一般的沉默
吃饭不说话，或干脆不吃
走路不说话，仿佛空气都不流动了
坐在屋子的一隅，要么闭眼
要么塞住耳朵

妈妈多么忌讳死
这么多年，那么多汗水和爱喂养了你
怎么舍得！现在四处是绝壁
还得找一些路，哪怕只有一条也得试试

我曾经给过你一座桥
现在看来，它居然一度横跨在虚空之中
我也曾经给过你一座森林
但都被青春的叛逆和迷茫困住
而今我们之间隔着灰色的海
翻滚着深不可测的巨浪
汹涌着奔向天空的黑云
该怎么温暖地抵达你呢？我的孩子
你的武器鲜明哀伤
你的武器苍白蜿蜒

像荒野中我怎么也找不到的一条小径

此刻，我一个人还在奔跑
累了我就停下
或者返回再找再停下

我会向终点冲去
会在更多拐角的地方
等你

送别

雨越下越大，似乎淹没了飞机起飞的轰鸣声
我瑟缩着，把自己藏在了我的后面
一个声音在呼喊
仿佛要把雨停下来

那堵墙已经是黄昏了
所谓美好的事物都是生活的假面
有一些山即使在黑夜里
仍然要去越过

你走得很决绝
似乎已经有了某种开始
似乎可以借此掩盖彼此
那是多么矛盾的眼神啊
被冷冷的雨遮住

我还是看见飞机飞起来了
不断扑腾的翅膀
掉下两句誓言
把我抛向无边的天空

我们自己取火

我知道，无论我怎么努力
也捡不完你心上的石头
和石头下不定性的阴影
童年的小马车
从一个山坡奔向另一个山坡
蒲公英没有种子
向日葵不知去向
一些噩梦总在小马车之后

没能给你美玉和火焰
没能给你富足和完整
在阴影和疼痛之间
我只能扮演秘密父亲和爱你的妈妈
我们甚至遗失了小马车
没有人看见我们总在捡石头
当黑色的夜落在世上
儿子，我们自己碎石，取火

赶快爬上一棵树

妈妈的野葡萄
飞上青春的篱笆
化作一盏小灯
照着你照着花儿

灯光有些昏暗
戴眼镜的老鼠
偷吃我们的粮食
你别叫爸爸

我们的路总在拐弯
儿子，快上树吧
穿过妈妈的掌心
踩着妈妈的微笑
向上
一直向上

第三辑

远方不远

总会

有相认的

方式

一个人的坟墓

我一点都不怀疑它们的孤独
它们就躺在那里，一座挨着一座
有时在山腰，有时在山洼
有时在山坳，有时就在路边

我一点都不想去探究它们来自哪个朝代
是大户人家，还是孤魂野鬼；姓韩，或姓冉
我只是想一个人躺进去
就在现在

把你的手放在我身上，你的唇也拿来
我们喊完彼此的名字就闭眼，清澈，决绝，毫不留恋
我不再爱你，不再需要你
在通往我的国度里，我已离开了你

现在我在贵州，在道真，在玉溪镇，在我一个人的坟墓里
新月已经挂在山尖，空气中有杜鹃飞过的痕迹

火鼓

这是烟火笼罩下的鼓声
在湘西的大地上，在汉族、苗族、侗族
瑶族、白族、土家族，之间
亲如兄弟，声声长鸣

这是最火的火，一层一层地
燃起来，一层一层地红起来
闪烁着，跳跃着，奔腾着，呼号着
穿过舞台，穿过人群
穿过鼓，和鼓声
进入我
和时空的另一面

这绝对不是虚构的
当黑夜被照亮，袅袅的炊烟划过村庄
黎明升起来
人们开始认识土地，漏掉梦魇
并一遍遍地歌唱
万物空旷
尘埃落下

整个夜晚开始循环往复
火鼓穿越了一切，摆脱了一切
我们开始摇晃
我们似乎在忘记
我们似乎又记起
我们跪在生命本身之上
死亡和黑暗，都在溃散
并逐渐远离

在路孔

我不得不说到路孔
那是我最近的前身、最亲的肉体、最肆意的酒杯
不狂热
也能喝下去

黄昏牵着夕阳
老水车没了水声
吱嘎吱嘎的风穿过六孔桥的故事
过了日月门仿佛就醉了

我不是故意喝多的
路孔的酒任意飘洒，一不小心就被大地吸收了
蜜蜂们嗡嗡采蜜，甜就永远生存下来了
随口被我们说起的萧红，是不是有点误入歧途了

管他呢，就让风继续吹让醉继续醉
让那些误入歧途的死，永远安息于死吧

梦游

说好不做梦的，结果还是没忍住
就像通往神田的路上，我一直听见你在喊我
九十九个山头，是你看我的眼神
拼命赶路的白云，是咻咻快跑的马驹
撒开的四蹄，像火焰
沿着午后的阳光，把我们分成了两半

我们不属于彼此，在神田的水里
我们都高高在上，仿佛路过的山鹰
只是过客，只是影像辉映另一个影像
成为自己的神
守护另一个我

我们只属于自己
当我们醒来，一群蒲公英已在那里
戴着金黄的小毡帽在阳光中跳跃
它们或许带上我的五月
带着你想带给我的
关于你说了很久的你要来的消息

一切都是虚幻的

尽管神田那么真实地存在着
她微微泛起的磷光
像要照亮此去我们要走的路
而这条路，有梦，有歌声，有别离
还有新生的草甸，正在改变颜色

空河里

我毫不犹豫脱掉鞋子
跳进空河的那一瞬间
一些故事齐刷刷地从身后站起来
像冷冰冰的河水
奇形怪状的石头
东倒西歪的影子

掠过我的腰身
我开始发现空河是寂静的
我把这样的寂静
当作知己，并对着它诉说

这是初夏，我正在失眠中
生活把刀子解下来
递给石头和影子
它们互相撞击的声音
像我在痛哭和尖叫

我浑然不知这些和你有关
我在空河咬着朵朵水花

尽量压低哭声的时候
你还在远处练习走路
练习在危险中平稳地呼吸

蒲公英在上

沿途都是矮矮的它们
仿佛要小到泥土的下面去
我没有说尘埃，是因为我匍匐在地的身体
紧挨着它们的小花伞
金黄金黄的，比尘埃更低

那时正好有风经过
焦急地把你推向我怀中
蒲公英在上，我们一起奔向生活的另一面
藏着的暗语，依旧在草地上歌唱

这是爱情的歌声
居住在彼此的目光里
像小小的蒲公英
开出湿漉漉的花
永远不会厌倦自己
永远不会有荒漠
更不会在荒漠中想到死

在亢谷的大门外

我来的时候，亢谷没有开门
我们被冬天拦在外面
水杉、崖柏、光叶珙桐，的确
被国家重点保护，成了纸上的传说
云豹、白唇鹿、梅花鹿、川金丝猴
真的被珍惜，藏在密林深处
守候"巴山原乡"的美名

我还是向往去野人溪里踩踩水
去月亮岩上坐坐，去天生桥里等一等
是否有一户姓亢的人家
愿意收留一名厌世的女子

冬天阴沉着脸
看起来阴暗，倦怠
仿佛随时会来一场雪
一只乌鸦从远处飞来
孤独、衰老，羽毛被风吹乱

我决心把它的心灵打开
我们的内心都有浓浓的黑暗

在亢谷的大门外
在远远近近的森林边
我们一起寻找
谁家的屋顶有缭绕的炊烟
土地里有甜甜的大白菜

柿子落了

我只是看到它红了
在去岚天乡的路边
在高高的柿子树上，它们
就那么红着，不急不缓，不痒不痛

我是坐在车里看见它们的
我们之间有着随时在变换的角度
有时远，有时近
有时是时针，有时是秒针

就是这样的距离，我们谁都无法越过
只有看着这惊慌失措的红
扑面而来，深深扎进我的心里
就那么红了，我在心里的惊呼
你是听不见的，就算我说出来
这红遍山河的绝望，也没有人可以超度

是啊，那满树柿子的亡灵只属于我
那像铅一样的天空是我的墓地
寒冷的风呜呜呜呜地哀悼着
这些落在我心里一千遍的柿子

随着你的消逝悄悄下坠

穿过暗影飞来

无声无息

冬天的核桃树

它们落光了叶子，站在去亢谷的路边
从我眼前一晃而过，遒劲的枝条
齐齐地刺向天空，加重了冬天的寒气

我没有认出它们来，一棵又一棵这样的树
一次又一次向我扑来的时候，我忍不住尖叫了
"我已无能为力，如今他已离开"

原谅我用这样的方式来怀念你
时光成了蒙太奇，那些满树欢笑
硕果累累，都只是儿时的记忆

那个奔跑如飞的少年，从一楼到九楼
从九楼到七公里，在冬夜缀满星斗的天空下
最终归于沉默，唯有按部就班的生活
被逆风切断，像一棵这样的树
被我们重新命名，可是
我们再也爬不上去了

石笋山变奏

在领悟石笋山的秘密之前，任何事物
都不曾完整过，就如那夜的篝火、朗诵、酒杯和酒
都处于等待、接受道歉、短暂的原谅，和永远的破碎
    之中

这样的领悟是有痛感的
从男石笋到女石笋的演变过程
我们只能远远地看，远远地想，然后把爱情
强加给它们，把相守变成虚无

从江津到永川的距离是永远的
无论历史怎么改写
它们都只能安静地承认这命定的事
就像我们，一直努力洞悉对方的内部
一直目光坚定地
从山脚爬上山顶
并试图在夜色降临之后
等灵魂从黑暗中归来
把彼此变成彼此

在长沙说雨

我们在雨里醒着
我们说长沙，说相见，说五年的时光
一转眼就撞在了墙上
我们像酒瓶一样裂开，汩汩的香
扑面而来。我们抓住酒
我们抱住酒，一些急急的闪电，在我们的唇边
撕开黑夜
奔向我们的内心

我们又说到"红"
一些狭窄的生命，在尘世
被挤来挤去
还有谁在意，曾经，现在，或者以后
会不会永恒，会不会光亮，会不会没有言语
而只有泥泞之路
在蜿蜒的别离中
湿了双脚

终究会干的
我们都会很在意——
没有永恒的雨，没有永恒的红，不会有永恒的黑，与光亮

我们能互相享用

这雨，炭火，明亮的大脑

我们能互相照亮

这伟大的，让我们头晕目眩的日子

即使黑夜

纹丝不动

我们

已彻底地湿

头京古城的风

城墙、城门、巷道、商铺、学堂
戏楼、筒子屋、防火墙、青石板路
我——罗列它们，不加任何修饰
我悄悄走过它们，没有发出任何声音

我不敢惊动这里的灵魂
阳光流过屋顶的瓦片
一些小斑点一跳一跳地
在瓦隙间穿梭
我相信了你对我说过的话——
"隔着光相遇，我们依然在黑暗中"

我们是在五月遇见的
那些来自遥远年代里的风
穿过头京古城的城，吹散
我的头发，掀起我的红裙子
还把我推翻在地
在厚厚的青石板上
我看清了自己摔倒的影子
压疼了一片更加厚的青苔

城门外那棵黄桷树似乎也在喊疼
它满树的叶子拼命地摇晃
像我不断向你挥动的手
你站在光的外面，似笑非笑的眼神
在风中。若隐若现

黑坡城的城

现在，它只能用漫山遍野的绿
来装扮自己。那密密麻麻的茅草
已经开花了，白花花的絮
随风摇曳，飘满了关于它的民谣——
"好座黑坡城，金瓦盖银门
马桑柱头三抱大，赛过北京城"

那样的黑坡城适合说唱，更适合想象
就像它在一些传说里狂喜，忘却了自己
它的国度，满是紫云英的宫殿
种满了鲜花、苹果树、美女，黄金
我们甚至还可以想象——
繁华如烟云，深渊突然来袭
它唱不出自己，剩下满园子的荒芜
裸露出时间的伤疤

现在我们结束想象——
松桃河碧蓝如镜
燕子们自由飞翔
太阳。天空。天空里的白云
充满了丁香的气息，白白的茅草花里

蜜蜂们嗡嗡之后就要睡去

那圆圆的脸儿，正紧紧贴在黑坡城的大地上

唐朝的妈妈正在难产

文成，我的马呼吸沉重
我的鼻血越来越少
它正穿过我徒步的记忆
到处是看不见的火焰，浑然不觉的尘埃
以及悄悄长大的疾病和死亡

我用诗歌的方式为马钉上铁掌
在没有太阳的地方
一次又一次重新出发

我的瘦马啊，你快些跑
拉萨河掉进星子堆
我的鼻血快要流干
我的新郎的灵塔就要合上

布达拉宫啊，你慢些老
我的新郎还在睡觉
西藏，拉萨，你们别哭
唐朝的妈妈正在难产

昭君像

我没想到你就站在红碱淖的边上
石头做成的身子，那么冰冷
紧抱的琵琶，向后梳的发髻
看起来还是冰冷。其实我

不想你叫昭君，不想你出塞
现在我听见了你的哭
众声之上，我从未见过的抽噎与哽咽
像两道纯粹的光，寂静地戳穿了
快艇过后，红碱淖里
浩浩荡荡的阴影

现在我想你和我
一起抚摸脚下的土地
充塞生活以我们的欢笑和自由
顺着香溪，爬上秭归
爱尽世上我们想爱的男子

现在我来引导你，像从前天使引导我一样
黎明回来了，皓月回来了
成群结队的遗鸥、天鹅、星星

住在我们身边
大把大把的光亮
簇拥着我们，犹如很白很白的雪

天坑地缝

天坑的门紧闭着
地缝的门敞开着
所以我来了，所以我进去了

这一次，我绝对知道我
不需要在半睡半醒之间
困顿地数着自己的脚步
一个人走过龙水峡

"龙潭映月"走在最前面
后边远远地跟着落日、朝霞、微风、曲径
峭壁峥嵘，还有我
轻轻走在里面

我把自己交出去
我不再对抗
用沉默埋葬一切声音的深渊
干净明亮的石板路
碧蓝如镜的烟雾
如雪似火的玫瑰
充满丁香和猎鹰，还有盐的味道

向下的路依然磷光般浮现
我不停地往前
我需要坚持很长一段时间
就像梦想
有时看起来很远
有时似乎又离得很近
就像爱，只要你爱了
就不会忘记

大夫第

应该把那半边坍塌的墙壁补上
盖上青色的瓦，涂上白色的漆，不用雕花，只要镂空
　　的窗

应该让他再高点
最好高出半山腰，不让琼江发怒的水溅湿他的衣衫

应该让那向上的石梯更干净一点
青苔，黄沙，黑土，红尘，不能总沾在鞋下

应该让通往他的路更宽阔一些
好让我爱着的少年的马车嗒嗒嗒、嗒嗒嗒地来

听见那夜的火车

我躺在孟溪的大地上
我伸展四肢
我用尽力气
想进入她的身体
凭着爱意，我真的很卖力
就像火车从远处驶来，隆隆地经过我
火车来来去去，又经过了你之后
一直在夜晚的深处响起

可这丝毫不影响属于我的睡眠
仿佛孟溪已经习惯了
它每天六十二次的呼啸和尖叫
就像习惯了每个夜晚总是安宁的
没有月光的时候，我依然能听见她的鼾声
均匀，柔软
像稻田里刚刚插下的秧苗
像人们脸上恬静的笑容
像贞节牌坊下那头静默的老牛
像那条铺满了黄沙的乡间小路
走得歪歪扭扭，却没有失去应有的风度

我们不用刻意去计算火车经过的频率
它一定高不过孟溪生长的节奏
一定快过了孟溪人的生活
当然，它一定没能超过我们
互相进入彼此的脉搏和心跳

瀑布

在我看来，它们是遥远的
似乎历尽了千山万水
虽然看起来很亮很透
但却有断层、罅隙、烟雾，和尘埃

我理解了它们的不易
一路轰轰烈烈，跌跌宕宕
有时九曲回肠，粉身碎骨
有时低于漩涡，找不着出口
有时被埋进大流，张着呐喊的灵魂
却什么也说不出，或许
什么也不能说

就像那么多的水
走了那么多貌合神离的路
却有一段叫夫妻瀑的名字
就像生活，有那么多急流险滩
到最后，还是要停下

梵净山

一

还没到梵净山，我就宿醉了
想着我不洁的肉身，该怎么和他相见
心慌是真的，心悸更不用描述
我只好一喘再喘，一歇再歇

毕竟是没有放弃，我一直朝前走着
梵净山被大雾包裹着，看不清他的表情
我知道他有他的怀抱
更有只属于他自己的命名
我只能向前。向上。绝不放手

二

我曾无数次梦见过枷锁和铁链
它们阴魂不散地纠缠我，和我的生活
以至于我总在孤独的深渊中
无力自拔，更找不到自己

然而在梵净山，我摸到了真实的铁链
它们粗大、结实，一环紧扣一环
横亘在猎猎的寒风中
悬空在冰冷的石头之上

我是抓着它们往上爬的，在笔陡的悬崖边
所有的岩石都充满了乌云、黑暗、眩晕
充满了深不见底的粉身碎骨，和灰飞烟灭

我害怕这样彻底的消亡
我要凭着这铁链
与恐惧做斗争
将它消灭在内部
消灭在一个幽深的
无限虚空而狂暴的世界

三

蘑菇石是值得信赖的，就像我
依赖着那些铁锁链，登上了梵净山的高处

我看见了它们，像极了蘑菇
那么亲切，又那么不平凡地生长
在大自然的子宫里，一朵又一朵
目不斜视地，切割着云
切割着风。寒风凛冽啊
蘑菇石却像凝固了一般

一动不动，自我平衡着这侵略
修复着我们的虚空

是的，是虚空
在巨大的蘑菇石面前
那个找不到自己的人
被无情的风吹着
如急流般落下又落下
惊慌失措地站在生活的背面

四

我独自一人在这里，在这石头的书上
写下了独自活下去的奥秘
我沉思着这奥秘
就像在没有光的地方
我认识了光
它们在风中欢笑，舞蹈
隐隐照亮，这未知的旅程

我必须找到这样活着的理由
云瀑、禅雾、幻影、佛光
是我抵达红云金顶的必经之境
在人世，我有数不完的罪孽
像无数打不死的魔鬼
居住在儿子失聪的耳朵里
以及，我一天也没能为之

好好呼吸的、长满了丘壑的心口

万米睡佛、万卷经书，在梵净山之巅
召唤着我。我灵魂的那些罪
开始越过我，和我所有的黑暗
仿佛要用这绝望的身体
把这本书，放到那高高的梵净山上

五

祥云飞瀑，禅雾留香
我站在金顶的桥上
梵净山终于看见了我
他为我制定了
爱，与坚持的法则
他说，这里就是净土
而我，将在这里得到永生

天堂的眼睛

一颗，两颗，五颗……
数不清的眼睛躲在云后
企图越过布达拉宫的红墙

夜半。星星开始沦陷
一场雪深入内心

你是最后落下的那颗
饱含火焰的眼睛
穿透天堂
刺向一望无垠的白

而我们
始终未看透人心
在离天堂最近的路口
最初的色彩覆盖了
最后的澄澈

高原反应

桃花酒一杯又一杯
从故乡到异乡
血液由红变黑
我的爱情
开始阵痛

那个神话始于三月
我的梦骑上一匹白马
布达拉宫很近
你的呼吸很远
灵魂出卖了春天
我的航班停泊在谎言之上

捧一捧黄沙，饥渴地饮下
一个外乡人的疾病
一杯神话的隐痛

不是虚无

在生活的最低处
我匍匐了三十年
这绝对不是一个虚无的数字
生命的呈现
多么飞快而有序

今夜，我终于直起腰，忍住疼痛
把一首诗歌在南滨路的蚂蚁堆
在等待烟火进入的甬道里
大声诵读

美好与邪恶
相遇和别离
都以祈祷的方式随烟火
回归最初的姓氏

长江十年，无声无息地延伸
用宿命，继续生儿育女

跌落

突然间，天空的翅膀张开了
仿佛十年的梦开在
山城之巅，长江之上

烟火一束束，一朵朵
像梦里我握紧的拳头
忧伤而纯净地打开
沧海桑田，十年依然闪耀
凋零的只是一阵风

今夜走在江水中
走在梦的缺口
拒绝言语
孤零零的轻从风里跌落

曲水没有水

我穿错上帝的鞋
一不小心来到曲水

曲水没有水没有大河
曲水没有大巴没有远方
曲水没有多媒体没有诗人

我每天就坐在白天等待天黑
看秋天无限延长
看成群的麻雀和满地昏黄
怎么进入我生命的底色

总想寻找一些美丽的词汇
描绘曲水
描绘上帝的鞋
让那些美丽的错误
掩盖一个人
内心的孤独和惶恐

第四辑

不是闲愁

总会

有相认的

方式

酒

杯子里没有酒
有糖。俩。一个红。一个绿
就像一些沽名钓誉的诗，和那样的人
桌上说着热爱
桌下盛产交易

必须熟悉这样的酒局
到见怪不惊，到习以为常
曾经沸腾的热血
已经过分坚硬
并有了自己的形状

我们只好在自己的对岸
像一条绳子被握在众多的手里
都在暗处使劲，都想把酒
变成甜，变成木偶、沙、石头，或者灰

风独自在吹
无论春天，还是冬天
和大家一样，都有自己的白日梦
都想把世界，据为己有

像这空空的酒桌，必须演下去
没有挣扎，没有醉意

菜

那么小的身子
那么小的红、黄、绿
被放在了我们的午餐时间
和拥挤的空气、喧嚣的话语权，以及
饥肠辘辘的等待，挤在了一起
仿佛一场变形的盛宴
和世人的嘴，对峙着

都是被排列的
都是被安排的
就像你不是故意要成为菜
我不是故意要成为食客

我们都被端出来了
只是在同一个人间里
不同的餐桌上，而已

筷

我被搁在了上面
我很听话，对于突然转换的角色
我心怀诚恳，感激之情变得深黑
因此看起来端庄、大方、一尘不染

我想吃。想动。并且想按我的方式
我有些徒劳，因为
我就是，被搁在了上面
隔着我们的空气
偶尔发出"咕噜咕噜"的声音
像极了饿
甚至比饿更饿

餐桌上的转盘转来转去
刀叉们叮当作响
食客们那么远又那么近
他们奔走在大大小小的饭桌之间
互相阿谀、互相猜忌的光
照亮了盘子，和盘子外面的世界

果

她是樱桃，她那么红
夹在众多被切开的水果之中
被放在五层蛋糕的最上面
比起被四分五裂的杧果、猕猴桃……
她最完整

看起来她的确有了骄傲的资本
此时她就在蜡烛的身边
烛光倾泻而来
生日歌飘起来了
华丽的掌声
一波又一波

她很激动，她的脸绯红
她不知道自己究竟该歌唱、舞蹈、鼓掌
还是干脆像蛋糕一样快乐
或者和蜡烛一起燃烧

她分不清楚了
是啊，还要走那么长的一段路
这些所谓的热爱和荣光

将在谁的嘴里
变成唾沫
变成星子
流到餐桌之外呢

杯

他们都在咀嚼
他们都在欢喜
他们都在倒酒
他们都在说着
彼此需要而又喜欢的话
酒杯在他们那里
自然而然有了
酒杯的形状和意义

唉，该怎么把这午餐吃下去呢
当我们的酒杯只是一盏倒置的玻璃
我们的眼里，就只剩下了灰
没有什么比这个更现实又虚无了

多么苍茫啊，那些盛装的酒杯
即使看起来像极了
小小的坟墓
在我们的山坡
也有归巢的星星，带来晚风
带来遗忘，回到死亡的身旁

糖

宴席上，她在干果盘里
和花生、瓜子、香烟们，困在一起
被很多手挑选和甄别

无论是旋转还是翻腾。总之，她没有生气
她似乎是餐桌上的天鹅
羽翼搅动了黑暗，许多食欲有了亮光

她的服饰似乎没有忧伤
在口味和色彩之间
总比她的伙伴们
优先被喜欢

可我还是没有记住她的名字
因为我知道
黄色光线照进来的时候
午宴就正式开始了
而她，就不是糖了，也不会只是甜了

花

她的紫花
她的绿茎
此刻被摆在了餐盘里
端上了饭桌

猛一看她似乎还活着
衬着黄色的有细纹的漂亮的桌布
她欲言又止
城墙太厚啊
她干脆只是晃了几下

命运似乎是这样的
要么在痛苦中被别人装扮
要么在绝望中去粉饰别人
说什么都只是花
不管向着她的是刀子或叉子
她都得活着
像死了一样地活着

在他们说冬天还远的时候

在他们说冬天还很远的时候
我喜欢躲在夜里说星星，说阳光和爱
说一切黑暗遮掩不了的事物

如果被生活弄疼了
如果爱着的人不爱了
如果假设真的只能是假设了

那就相信他们说的
冬天真的很远，星星依然是星星
阳光还会照在一切地方

我们走进去

那是一场绝对的雨
没有风，漆黑一直漆黑着
没有青苔的冬天
脚下依然很滑
稍不注意就栽倒在地

躺着真好呀
这是冰冷的季节
仿佛你不用思考
就知道毁灭在下面
仿佛只有毁灭
这样的夜晚才可以永恒

那就再躺进去点
一直到漆黑的最深处
伸手摸不着
睁开眼睛也看不见

哦，即使看见了也无所谓
天空总是布满乌云
绝望总是
破云而出

窗帘

紫色，有暗格
这些没有什么大不了的
所以根木不用咬牙切齿地挂在心里

但它的确是我的窗帘
长年累月
从来没动一下
从来没吭一声

我曾试图打开它
不管外面有什么风景
如果风来了我就看风
如果叶落了我就捡起来
如果下雪了我就使劲哈气
如果你来了
我就要你

很多年过去了
我们依然从未出去
如那窗帘
一动不动
紫色。有暗格

她们是深红的

她们是深红的玫瑰
露珠在花朵上滚来滚去
被三层紫色和银灰的纸包裹着
像少女时代的梦

她也是深红的
岁月的鞭痕尽管不露声色
除了脸上的皱纹，除了走路时
心跳会加快，喘气特别急促以外
她真的没有什么表情
玫瑰到来的时候也一样

该怎么描述这样的花朵呢
时间的流逝，已经把生活磨损到看不见
让一切爱或者关于爱的表达
变得比任何时候都难以启齿

我们似乎更耻于变红，乃至深红
互相抵抗，互相关闭
到黑夜漫长，到没有尽头
到遇见大量的眼泪

或者眼泪像溪流一样飞过水面
飞过暗褐色的房间
光秃秃的，没有一点涟漪

老井

我走近它。它的边沿
是方形的，里面也是方形的
壁上有苔藓，有小蕨草
有落叶，有尘埃
应该还有小蚂蚁，和蜉蝣

他们说它是古井。我没心思去研究它
到底有多大岁数。我还是叫它老井吧
而且固执地热爱它的方形
那清透透的水
可以倒映我的影子
也可以照亮我的内心
如果我不小心在尘世里掉下去了
这样的水，还能把我托起来

我是真的后悔了

我还是想郑重地告诉你
在过去的一年里，我没有认真去爱梅花
连我们一起热爱的荷花
也都厌倦了

我还对生活撒了谎，把月亮当成了星星
在无数动荡不安的黑暗里，我以为它们都是一样的
我居然固执地以为，只要有光亮，唉，只要有光亮，就
　　能成为灯
就能把一张张不干净的纸，一段段破碎的光阴，还给那
　　些不堪回首的往事

甚至到现在，我都还不能静下来，不能从黑漆漆的深
　　渊里
从被捆绑的惊悚中，找回那些死去的良善，和爱意
其实梅树看起来真的很好
梅花更是在阳光下显得很快活

可是姐姐，我还是看见一些血
从一些隐秘的伤口流出来，并且不打算停止

的确是错了

梅花就是梅花
在物欲横流的世界里
她也被折断成一截一截的，在大街上被叫卖
淡黄的身影，充满了生活的暗疾

真是没有意义的说辞啊
我已经很久不说暗疾这个词了
一个苟且活着的人，怎么能幸福、丰盈、充满香气
怎么能不一千遍，一万次地，错，错，错

如果人情终究要冷在口舌之间
如果光亮只能在完全黑下来之后
那就把我折断吧
让我在被叫卖的大街上被成群结队的人，挑选、甄别，
　讨价还价

或者允许我长出足够多的刺，在被生活抽了响亮的耳
　光之后
还能笑对，所有的虚情假意

你以为的春天

你以为桃花开了就是粉红
你以为菜花黄了就是菜油
你以为油价涨到"8"就到了极限
你以为太阳一露脸春天就来了

成片成片的小草儿还压在乱石之下
大块大块的农田失去了水徒留往年的痼疾
麦苗去了大都市，玉米远嫁他乡
剩下留守的爸爸和妈妈，陪着渐渐老去的空房

二月已经落幕了，三月把万物的真相渐渐埋葬
葬在虚幻的神术之中
葬在一个叫春天的巫女的妖法里
让一些诗歌见到阳光就亢奋，脱掉衣服大喊大叫

很多人成了看客，他们躺在浮动的春光中
怎么也找不到这个春天的重量

海棠毒

反正都是酒
我已不想再探究
也不想再拒绝
这生活的酒杯
这日子的酒瓶
半瓶，一杯
都会摇摇晃晃的

所有的理由都不是理由
二月已经打开剪刀
三月已经敞开心扉
醉了一夜的风
说出了海棠的秘密

西府粉白
垂丝酡红
贴梗更是娇艳
连落地也那么美
仿佛摇曳的酒
铺在三月的大街上

所有的醉都源自这个春天

没有你的海棠

像没有灵魂的羽毛

独自飘落

有时安然无恙

有时噩梦连连

很久不见桃花了

我想说的是桃花
很多年前在我面前消失
以至于我的春天生了一场大病
一些阳光落满了灰尘

我曾试着走出那片桃林
祈求生活小小的裂缝中
不要挤满他的花骨
不要把腐烂埋在花下

一大段时间，我直接安于沉默
梦想和回忆我行我素
充斥了物质的不满
却又满怀光亮与火焰

现在要怎么回去呢
或许变成泥土
再造一座小房子
用上等的桃花心木
你坐在门口等我
或者直接破门而入

我始终没有说

此刻，我小心翼翼
在春天的裂缝里
捡起满地桃花，捡起
落满灰尘的红锈

十八岁的桃花喜欢咬人
我不愿过多提及你的伤口
更不愿描述你左臂上那朵
桃花的形状和颜色

一场无法避开的流行病
轻易爬满这个春天
以发炎、沉默或者尖叫的姿势
提前抵达厌倦。抵达

旧春天的桃花枝
关于一万张照片的爱情
我始终得承认旧或者更旧
就像我早已
说不出故事的结局

飞

该怎么描绘
我不知道，也一直想不清楚
很多天过去了
那些雪还在飞

来去的方向已不重要
它只是在飞，不停地。我无法说
也喊不出来。黑夜，风声
也飞起来了，歪歪扭扭，严严实实

就这么飞吧
远去的火车，路，或者山
都在雪里，在远方
深深地堵着我，或者以你的眼神穿过我
落下的碎片
也在飞

如果你不来

我该到哪里去寻找你
那些忧伤的谷种
被春天反复推搡、耕种
透过我的铁铧犁，植入太阳的子宫

雨偶尔经过往年的村庄
我站在一片绿叶上等待受孕
你没有来
我只好坐在玉米地里
生长疼痛。然后
想另一场雨从时间的痂上坠落

我在夏天来临之前固执地等你
如果你还不来
我的铁铧犁会把太阳连根铲起
沿着黑夜的轨道
独自返回

停下来

所有的阳光都像水，从春天的门前流过
呜呜的声音有些老，有些缓
如旧钟，挂在春天的后墙上
嘀嗒奔走的指针泛着白光，追着深处的黑
连同数不清的债，从无数人的手里
连同数不清的同情与悲悯

她窒息，大口喘气，仅存的爱
卡在春的门缝，怎么吐也吐不出来
她只好停下，看流水像血
从春天的门前，远去

纸鸳鸯

他们互相吸引，彼此需要
把一些冷和空，涂抹，描画，裁剪
并以色彩饰之，以竹为之骨
精致，斑斓，饱满

他们一起飞过蹩脚的日子
被大片大片的天空遗弃
被黑夜笼罩，被习惯的白劈开
形容枯槁，破绽百出，落地而毁

他们相互依偎的头
他们亲亲的嘴和嘴里吐出的火花
他们抱拥过的身子和坠落的姿势
是纸，此时正如纸散去
剩空荡荡的空

那样的风

风剪掉了他的长发
把它们吹得到处跑的时候
我看见他成了一个
光秃秃的稻草人
捏着秋天的小烟卷
一会儿吸几口
一会儿又停下

如同风的举动
似乎更加接近于那年的疯狂
如同那么多的热爱
被剪掉。在黄昏或者黑夜里
被一截闪烁的，或者正在消逝的
香烟的光芒替代

我讨厌那样的风
那样的分离
和精心伪装的生活
它就像这样的稻草人
在现实的另一面
挣扎着醒来

摇摇晃晃的身体和脆弱的心之间

早已厌倦了交谈

更厌倦了亲吻

起风了

必须记住这个时刻
你突然出现的路口
不知道该往前还是往左
或者掉头回去

车已经不受控制了
就像风想都没想就吹起来了
就像那些酒
想也没想就喝下去了

这就是一次起风所具备的全部意义
酒喝得有些恍惚却毫不含糊
仿佛并不是精心策划的
也好像不是从我们的内部出发的

但终究是起风了
一些过往的事情，像荒草一样
重新长起，又像一头小鹿
冲出栅栏
把一些旧伤口慢慢撞开
露出斑斑血迹

木格窗

木格窗是木质的
这不用假设，更无须证明
那不经意横着或者竖着的纹路
像我掌心里
并不丰盈的爱情

那是在摩围山，哦
那是个有篝火的夜晚
很多灵魂被敞开
很多灵魂在沉睡
木格窗洞悉了一切
它悄无声息

那就悄无声息吧
生命本来就无常
很多看起来热闹的相聚早就装满阴影
以另外的方式结束
包括我们曾笃信的爱情
正穿过崎岖的黑夜
成为木格窗的花边
成为生活的泡沫

葡萄心

我已经把自己锁起来
用好多好多葡萄的藤蔓
仿佛铁
仿佛钢刀

我有些说不清楚了
就像我习惯
在只属于我一个人的夜
弹着一首叫《殇》的曲子
把一些突然而至的痛
唱得一夜无眠，三夜无眠
以致后来，夜夜不眠

其实这些和葡萄有什么关系
我们只是似曾相识
也曾努力走近
却更加陌生而已

必须

必须让自己冷下来
像雪，像冰，像冬天，甚至比它们还要冷
必须让自己静下来
这样的静，像没有呼吸的季节，像窒息的身体

梅花去了春天
桃花很快就要开了，樱桃花也会开的吧
可这些和我有什么关系呢
没有什么会永远

那就继续看它们开吧，一如看它们继续落一样
那就继续被束缚吧，反正也没有什么比这个更糟糕的了
昨夜又下了一场大雨
月亮都被淹没了

必须让自己冷下来，比冬天还要冷地冷下来
必须让自己静下来，像睡了一样地静下来

我不是海棠

我不是水仙
我不是蜡梅
我不是海棠
我不是春天里任何一株植物的花

我知道我没有月色
我知道我没有江湖
我知道我没有盛宴
我知道我没有这世上任何一种虚情假意

不要怪我把话说得太直白
装满温情的土地
一边长着权势
一边繁殖苍蝇

一些貌似美好的嘴脸
怎么笑都不像春天

5·12，兼致母亲节

我们在找自己，就像鸟儿在寻找粮食
我们在说幸福，就像黑夜里一直叫唤的木板床
我们在说梦，那是伟大的全人类的梦

花儿已经开了又谢了
一个月还没完下一个月又来了
在半明半暗的交替里，我这潜伏已久的
生活的贫困者，还是没被揪出来

鱼尾纹、黄褐斑、失眠症，女人们特有的这些焦虑
比自由更自由
它们散发着玫瑰的味道，在这五月的第二个星期天
比康乃馨更具有衰老的气息

毕竟是 5·12
房顶上的炊烟
像树，像光，像母亲的空乳房
像儿子畸形的脸，和废墟上的旧伤口

毕竟我还没有死
当母亲节继续在轮转，继续平静地在畅谈复兴

我必须像静止的钟摆一样
好好地活下去
死得其所地活下去

朗诵之夜

我们都穿好了防护衣
我们都长满了硬硬的刺
我们都把手放在嘴里
把大牙齿拧出来摆在七月的夜空下
读诗，唱歌，制造暧昧和暖意
差不多把彼此都烧起来
差不多又把善男信女这个词语调侃了一番

烟草留下了最后的手指
那上面有月亮，有潮湿的风，
没人听见我们都读了些什么
没人听见我们都唱了些什么
我们只是彼此的罪证
再厉害的神仙也救不了我们

防护衣撩起来了
满是泡沫和有腥味的诗句
硬硬的刺被捏在各自的手里
鲜血横流也没人肯小声一点

更理直气壮一点？或更无耻一些

脱下防护衣，脱下刺
一次小小的私奔
即将成为一场合理的暴动

萤火虫升起来了，悄悄地，更悄悄地
在我们身后闪现
直到虚空

断

其实它们是自己掉的
浴室、客厅、厨房、卧室
当然还有上班的地方，甚至在风中
头发总是不经意地掉落下来
有时一根，有时一大绺

我越来越想叹气，也越来越想不明白
它们为什么会这样轻易地
离开我和我的身体
我好不容易留下的齐腰的长发
就那么断了

其实就是不见了
开始是消逝，结局是消失
就像曾经出现在梦里的你，也这样无端地落了
就像梅花，开在枝头，回到泥土
是必需的事，伤神是无用的
反抗更是如此

镜子

我站在你面前
有时是黄昏，有时是清晨
有时是噩梦醒来之后
彼此平静，像没有波澜的水

我看见我丢失的电话线
白色瓷器，红色子宫
都在水中，被蒙上的烟雾或尘土
一点一点漫上来
越来越快，到最后变成了无

但有时你也会慢下来
容我低下头去寻找
在时间这面大镜子里
我们的春天似乎得了时光综合征
病得只剩下一条灰色的小路
而这条小路只能抵达你
开满了想象的花朵

它们是蔷薇
是玫瑰

也可能是勿忘我
被镜子反射的光一照
那么亮，充满了你的芳香
我轻轻用手一抹
它们就落下来了

机器人

他们说机器人
可以当医生给病人做手术
可以当清洁工清扫垃圾
可以做管家处理家务
可以像白鹤一样
在天空舞蹈

其实我更想知道，这些
钢铁做出来的家伙
有没有男女的区别
可不可以生二孩
可不可以做大地的情人
无限地宽慰
这个有时薄情的世界

我一边走在展厅一边想着的时候
它们就摇晃着手臂
笨拙地向我走过来了

邮亭鲫鱼

吃了无数次了，味道还是没有改变
辣的就是辣的，香的还是香的
鱼儿依然是那些鱼儿
没有名字
没有性别
更没有重复的可能

如果可以轮回，我想再次遇见你
如果吃和被吃是我们的命运
我还是只想你。或许被水煮
被油煎，被火烧，被粉身碎骨
都是必然的

生活把生的欲望交给了我们
就会把一些死亡还给死
我们不需要祭奠
只需要忘记

不只是如果

我已经不能忘记你了
我想用这么直白的话告诉你
就像我曾在马雄山吃过的小野兔
在贵州吃过的酸汤鱼
它们都被藏在我的身体里了

我说的吃，都是假设的
如果你还活着，你一定知道
我只是站在栅栏外面看着你
那时是正午，世界
突然有些暗淡，是苍白的那种暗淡
你在一群伙伴当中
突然回过头来
清亮亮的眼神，真像水啊
那是我见到过的最纯粹、最圣洁的水
仿佛我在人间所需要的
一切真情、温暖和甜美

可是亲爱的小鹿，如果你死了
你的灵魂一定还在
你一定更能记得

我们曾在这个弱肉强食的世间
深情地凝望过
那一刹那
我们就是我们

第五辑

月亮还说

总会

有相认的

方式

月亮说

月亮说宝贝的时候
风正从窗边吹过
沿着一个人的路
向北奔去
那时我正在乡下
一个人嘟嘟嘟地打电话
一个人对着镜子
一个人剪自己的长头发
月亮说那话的声音很小
但我没费劲就听见了
它十分像我爱的人的口气
而且就像对着我说的

月亮还说

无论晴天或雨天
我从没用手指过月亮的耳朵
我是乖孩子
绝不天天熬夜
绝不每天睡懒觉
绝不挑食不吃饭
绝不常使小性子
绝不用脏手摸嘴皮儿
我说这些话的时候
她的耳朵就掉了

整整十年，她落下的姿势
没一点儿改变
关于这些谁能说得明白？
只是我真的没用手
指过月亮
我只是对着月亮
彻夜不眠地寻找自己

月亮灰

老六说月亮的时候

你正坐在窗旁

对着一面镜子抽烟

仿佛被什么卡住

夜晚凶猛地摇晃起来

你大咳

我们也大咳

后来月亮就掉下来了

落在生活的正面

一些日子开始变形、变色

无休止地透明

后来你手里的烟

灭了。烟尘滚滚

把月亮吞没了

借圆月

我不会再诅咒
我已躺下
按照生活的意思
我已被黑暗粘住
被指指点点
甚至被暗算

我只请求你低一些
再低一些
即使我无法承受你耀眼的光芒
即使你吃起来
有罂粟的味道

月半节

七月的夜异常寒冷

我找不到通往你们的路

我甚至怀疑你们从未离开

我们曾发誓要彼此爱

彼此痛彼此守望和想念

来吧，亲人们

在北川路、青川县、汉旺镇、映秀林

我已备好上等酒菜无数

蟠桃寿面无数

良田宝马无数

锦衣玉器无数

我焚青香燃红烛

点火把候着

月亮又圆了

她圆了
看起来更大点了
像个大月饼，像晚餐桌上装菜的盘子
我没有想好。你也没有

可是她只是圆了
并没有更亮一点儿
深黑的夜空那么黑
星星也不知躲到哪里去了

她并没有离我近一点儿
她一直在天边
深黑的夜晚还是那么黑
就像你的脸
并不在隔壁房间

曾经的月亮

我没有看见她金黄
我没有看见她圆满
黑夜的酒
萦萦低语到凌晨四点的时候
清醒还是沉醉
已经毫无意义

可我们一直在穿越
遥远的等待
决绝的力量
使我们成了目光笔直的人
笔直地抵达了
昨日的对面

还有什么实在的意义吗
她依然那么远，那么疼
像一款曾经的月亮
无比接近
我们今晚的月亮

已经很久不说月亮了

也许乌云太厚，什么都被遮住了
也许风景太繁复，没办法说过来
也许时间的钟摆摇晃得太厉害
我们仅有的双脚无法抵达

也许真的只能是也许
那么多的风在吹，那么多的雨在下
那么多的忙碌在忙碌，那么多的生活必须生活
月亮很久不被说起又能怎么样

还是长头发吧
还是一个人醉
还会在阳光下的长椅上，一个人说笨狗熊的故事
还是在深夜的梦魇里，翻找一个人蠢蠢的脚指头

说了这么多的话，都像是找不到理由的托词
月亮还是那个月亮，她就在那里

亲爱的月亮

月亮独自成为月亮
是一个漫长的过程
她需要从寒冬出发
一次又一次拨开乌云
杀死一只又一只毒蜘蛛

她必须采用倒叙
从黑夜开始
忍耐大寂寞
原谅大背叛
捂住大悲伤
以任何一种高度接近天空
成为
亲爱的月亮
爱着，或醒着

小月亮

这一次我说到的月亮就挂在眼前
小小的光，被我们装进了各自的酒杯
黑啤酒淡褐，鲜啤酒开满了花
还有没喝完的白酒大声地唱
歌声落在悬崖下的流水上
谁也没有试图把它们捡起

是啊，要这么办才好呢
那么热爱的诗和歌
必须穿着节日的盛装
必须吃昂贵的饭菜
必须用爱摆出餐桌的形状
必须在醉酒之后
摊开我们空洞的身体
和我们仅有的真

我们还在努力把酒喝下去
还在殷勤地把食物快速塞进对方的嘴里
月亮似乎落泪了
她大声地喊疼
我们却羞于听见，更羞于想起

我不会削苹果

你说要给我买苹果吃
那种大大的、圆圆的、红红的苹果
我知道，只要点点头
一个苹果就是我的了

说这话的时候，天已经黑了
我们面对面站在苹果的阴影里
水果刀很亮
上面涂满锋利的诱惑

很想一口气吃掉整个苹果
不削皮不留核
但我没有，我不想

让苹果的红
混沌我生命里的另一种红

幻想

众多的夜晚
月亮穿过田野
穿过开满丁香的庭院
挤进小屋爬上你的脸儿和脊梁

此时，除了幻想
你要容忍月亮的慢和轻
容忍岁月的漫长和空虚
容忍回忆和幻觉
容忍遥远和分离

你要记得把手从胸前拿开
抱着小枕头乖乖闭眼
你要隔窗谛听知更鸟的歌唱
小蛐蛐的细语和雨打芭蕉的声音
慢慢入梦
不做噩梦
不磨牙
不打很响的呼噜

你要习惯月亮

在众多的夜晚
像我一样抚摸你
填满你

旁观者

"他肯定什么都懂
对你的各种热爱，他一笑置之"

读了这句话，我忍了很久
但还是决定
把一场雨下完
就像一次爱情
不能在半路被折断了

但这真的只是我的想法
空调再制冷
也压不过这个夏天的高温
我的心再远
也跑不进你厚厚的窗棂

或许有那么多细碎的脚印
或许在死去之后，有无法获知的遗言
尘埃那么重
淹没了我们的门
不管上不上锁
一切都空荡荡

但凭借黑暗的间隙
我们战栗地相逢过
凭借黎明的喧嚣
我们又分开了

偶尔

我会想到死
像老房子上的炊烟
在人间环绕一小圈
就飘走了

多么小又多么强大的概率
我们撞上了
夜晚被我们挤掉了一角
我们掉了进去

那时应该是狂欢的吧
天气有点热算什么
我们有那么多的勇气在冲刺
为了重新回到人间
我们点起了火
我们在火中熊熊燃烧
我们那么近
谁也无法隔在我们中间

这样偶尔死一次
把一些甜

隐藏在内部
我们就有了新的存在
炊烟、老房子、丛林、小河流
即使错位
也深爱着

灰色的云

嗯，就是这种感觉
光秃秃的，冷飕飕的，就像今天的气温
不是 5 摄氏度，就是 2 摄氏度
灰色的云朵正在慢慢靠近

我该怎么告诉自己
必须去相信，那样的云真的存在着
它们毫不费力地打开了你家的门和我家的窗
还有一些尘埃，小小的身子
硬是卷起了一阵一阵的小浪花

我已经把自己压得很低
以至于大风吹过来的时候
我红色的衣衫并没有哗啦啦地笑
我也并没有喊你

还好，没有结冰
我们的门窗暂时安好
暖手宝还有一些余温
天空安静极了

紫薇

再次说到紫薇的时候
正是玫瑰被大肆贩卖的季节
这个人们不得不说的日子
玫瑰们的确有自己的藏身术

紫薇又藏在哪里呢
很久不见的小酒窝呢
我们一起练过的小酒量呢
是不是在看起来已经干枯的枝丫
以及枝丫上偶尔露出的点点新芽上

我知道这只是我的想象
紫薇并没有开
被严寒包裹的岁月里
所有的拥抱都紧闭着双眼
在拥抱之外慢慢消隐

那紫色花瓣穿过紧扣的手指
慢慢落下的那个沉寂的春天
只适合怀念

你天使一般的笑脸
就像那晚的月亮一样
挂在天边

晚安

"都走了这么多年，肯定有办法继续走下去"
这是凌晨三点，时钟对我说的话
空房间彻夜不眠
时针和分针互相安慰
嘀嗒奔走的声音
震碎了黑夜的骨头

这是一个远古的修饰
中年了，骨头似乎停止了生长
大大小小的分支都维持原样，经期就要归于终结
灵魂似乎总是以另外的方式存在
就像白天的我们遍身长满了坚硬的刺
夜晚，我们奋力在秒针中滑行
像一绺散乱的头发
像花瓶里长出无数须根的空心竹
像一把又一把必须吞下的药丸

当然要继续走下去
我必须给自己明亮的信心
哪怕月光从来就只在海上
我们从来就只在山的那一边

穿过十点四十八分的记忆

铁轨拐弯
思念便迅速抵达，我的爱
盛满时间的火车

这个冬天少雨，你来得很及时
在酒窝干涸的边缘
欢娱，排山倒海

站台很多，相聚很少
来不及梳理留在你臂弯的姿势
一列火车
轰然穿过
十点四十八分的记忆
飞驰在别离之上

临江之门

踏着时间的鼓点，用力地
推临江门的门
临江门的门是旋转的
我只能跟着它旋转

我用一生的力气旋转
只为了饮一杯咖啡

十年太久，誓言的呕吐物
锈蚀了门轴，那杯咖啡冷了又热
热了又冷，我笨拙的手
还是没能打开你的暗室之门

因为雪

都是因为你，火车慢下来了
天提前黑了，风开始乱吼了
本该在北站下车的，却下在了南站

夜色真黑呀，我渴慕已久的那些雪精灵
也被染黑了。她们穿着黑纱衣
裹着厚厚的冷
从黑夜的另一面穿过来

谁也阻止不了这些冷
哪怕只是一瞬
我战栗着。而我必须等待
在这场辽阔的雪里
在已经错了的站台上

那时我乘坐的列车
已停在了别处
已鼾声四起

必须隐喻

说了那么多话
掉了那么多眼泪
把路都变成了水，变成了雪，变成了
窄窄的床，铺着旧旧的床单
和薄薄的音乐

可这些和我们想做的事有什么关系
那横着的、竖着的
密密麻麻的细语像尸体
找不到进入的门

来吧，用我们笨拙的方式
用我们一贯的隐喻
把墙敲开
把诗集和蜘蛛网藏起来

说不清楚就算了
我们就坐起来，或者躺下去
让我带着你的梦闭上眼睛
让隐喻更像隐喻
别管那些雪
和它们身后的泡沫

哦，还好

其实也没那么好
一道门永远被关上，还从里面反锁了
那上锁的声音，仿佛对着世界说
我们都生锈了

一切归于寂静
眼泪走出眼眶的那一刹那
被一只手狠狠地拽住，又拖回去
顺着隐痛的心，隐秘地流到心里

白色吊灯晃动了几下
发出嘶嘶的白光
那光看起来悲伤而灰暗
不断地在我的影子下盘旋

外面是黑色的天空
像我戴着的漆黑的帽子，透不出一点点光线
又像被烙上了撒旦的咒语
嗡嗡嗡地，把寂静弄成了死亡

屋里，门外

有钥匙没钥匙的
都静默着，满怀悲伤
血迹斑斑

我们在我们内心

嘘，只能就这样静着，别说话
把星星赶走，音乐关起来，把老歌放回去
先饮一杯，再饮一杯，和很多杯

不要闭眼，也不要数，睁着眼睛喝下去
相见的欢娱，别离的忧伤，二十年后的想念
即使灯火熄灭，再不会亮起来

坐着！别动！即使虚空
带着灰色的气流从明天吹来
我们仍留下来，一直喝下去

无论温存多么短暂

和歌唱没有关系，和肉体更没有关系
爱和想象，像被风吹落的果子
撞在大地上，成为另一些归于泥土的日子

我没有抱怨，即使寒冷的风吹拂着泪水
在北方的天空下，像怒吼的狮子一样，挥舞着
刀子争先恐后地扑来，想毁灭我的一生

没必要服从，即使空无所依的身体
只剩下身体，没必要申诉，即使思念软弱无力
即使温存足够短暂

如果梦有三生

没能把祝福亲自送给你，我只好躲在夜晚写诗
写一些凉，写一些念，写一些蛋糕香气
写比情人节少一点点的日子

四十七的确只是一个数字，像洞开的窗，像空空的墙
我可以选择多种方式忘记，譬如看整夜的韩剧，数整夜
　的渴
或在来生的路上，痛饮前世的醉意

毕竟是二月十三，毕竟和你的生日发生了关系
那些诗句，穿过肉身，一层一层，落到梦的深处
像日渐冷却的血，在虚构春天的温度

一说就疼

我终于忍住说喜欢，忍住写有关你的文字
忍住痒，忍住无声的电话
和电话线里，长长的疼

即使是自欺欺人，如风是无辜的
阳光是无辜的，所有的承诺是无辜的
那些关于照片的事，关于歌声和酒的事

就这样没了呼吸，仿佛被折叠了的月光
在冰凉的夜色里，出于对绝望的尊重
硬是没有亮起来，更没有说太寂寞

2月14日

我必须拒绝想鲜花、巧克力、烛光和约定
我必须想暮色、红灯笼，看除夕之夜的爆竹
故作绚烂地飞上天空，把一个人的夜

染成了血，如幻影
如亲手喂养的兽，奔跑在命运的路上
来不及划亮最后的火柴

不想再偷渡了，新年的钟声就是我们的暮鼓
即使陪你走完最后一程
饥饿的灵魂还是没有高度

说碎就碎了

我迈开脚步已经多年了
西北风扑过来
狠狠地穿过了我
蓝色的身体
并把白花花的雪
弄得满地都是

我很想一脚踏上去
无论是清冽冽的天、硬邦邦的冰
还是未知深浅的积雪
以及那遥不可及的拥抱

我也试着收回脚
仅有的爱
立在虚无之上
西北风还在呼啦啦地吹
团结湖说碎就碎了

心神难宁

凌晨三点
他来到我的梦里
把我喊醒就走了
凌晨四点
他又来我梦里走了一圈
最后一次是早上六点

他居然在我梦里
死了三次又活过来三次
每次都很清晰
要么在吃饭，要么在喝酒
要么嘟囔着想告诉我什么

想说什么呢？旧事千疮百孔
新的更如活鬼缠身
我不能安静地描述一切
更不能以期待的宁静活在世间

给我一点启示
要么让我的梦快点死去
要不等到明年的月半节
咱们一起，再醒来

风中的眼睛

我从来没有真正感觉过宁静
就像我从一首诗的姿态里
读到你很深的眼眸

那首诗很长，像我整整的一生
句子里的火花总是很亮
唤醒沉睡的呼吸
越过南窗

你的眼眸是两只熟透的黑苹果
就长在南窗的边缘
我无意去采摘
更无意拾捡，最初的

盛开已经变哑
我只能伫立在风中
倾听苹果坠落的轰鸣声

此中

寒鸦的哀鸣
停泊在红豆枝上
一个人躺在空荡荡的屋里

这是一间全木头做的屋子
一间类似长方体的屋子
月光透过木头抚摸着我体内
空旷的山谷和静止的河流

心时而沸腾时而冰冷
那些过去的伤，未来的幸福
我的身体已经熄灭
所有的灯盏，所有的温度
都不再与我有关

我静静地躺了十年
有时听见有人敲门
有时听见有人哭泣
有时看见有人虚伪地爱
有时看见有的人心永远地黑

不知道我还要在此中躺多久

我只知道自己正在消失

嘴里发不出一点儿声音

寂寞很白

石榴花还开在那里，火红火红的
风一吹就哗哗哗地响
此时，寂寞却很白
那个人来了
烟草的味道开满了窗台
翻开一本发黄的诗集
把文字的信仰埋进一把古老的藤椅

那场梦毕竟还是梦
约定的誓言刻满时间的键盘
如水的目光
穿过三千华里，却未
挤上那张鼓满风的船票

发白的秋天
横在赤裸裸的手指上

说另一朵玫瑰

一支烟点燃另一支烟
我终于看见这个夜晚的长度
整整一段梦魇
你的眼神以及眼神外的光亮
隐蔽在时间深处

不要对我说痛和牵挂
玫瑰的香气
怎么也追不上
镜子里的风

我只想对你说另一朵玫瑰
生活褪去所有的红
夜晚幽蓝
断肠

蓝蝴蝶

不用开灯也知道你的颜色
蓝色翅膀气度不凡像个绅士
秋雨砸碎阳光
你的飘飞有些心烦意乱

窗户紧闭。你是怎么进来的
我的心早掉进暗夜底部
徘徊在无法融化的黑
贴紧无数个白天

你不要再飞了
那个梦太硬
除了雨声
一切的一切
都是静寂

每片落叶都是背叛

冬天还很遥远
你就急于离开
飘飞的姿势有些轻浮

我一直为你赶路
一棵树到另一棵树的距离
粉红的情事，泛黄的回忆
以及黑色的渴望
都在你来不及住进身体的瞬间
无法逾越
各自痛哭

秋风走了
背叛挂在枝头
赤裸裸的冷
撕下太阳的光亮

一个人的战争

我沉入寒冷狭窄漆黑
在心灵遥远的一角
听见你把爱变成诅咒
透过空洞的夜晚掐进时间深处

更深处，我打开一听啤酒
汩汩喝下你的笑和满足
落寞和无法遏止的痛
进入一个人的轨道

轨道长长地深深地裂张
控诉一个人的欢娱
原谅我，你留下的缝隙我不能进
我是那一听啤酒的私生子
被罚站在幸福之外
等待审判的子弹

"他妈的，这样玩我！"诅咒再次响起
血淋淋的弹头穿胸而过
有人倒下，醒来的只是秋天

蓝

每个夜晚，我习惯一个人
习惯无边无际。习惯把你喜欢的蓝
调成一杯杯烈酒，在无人的街头
喝干两个人的夜

爱情像酒瓶
黄昏的黄白天的白黑夜的黑越挤越满
你被拧开。我们的约定成了
一条条坚硬的高速公路
在南来北往的地平线上
泪水一次次偷渡

每个夜晚
我总是隔着一片海
喝蓝色的酒，独自睡去
甚至不想醒来

一场韩剧之后

关于韩剧
高潮总是很孤独
关于对白和台词
看上去都是我的
许多细节在黑暗里逃逸
撞坏生活的墙
有些漏雨的情节
总和剧中人发生特殊关系

贴紧生活
我迅速弯下身体确认
那些真实的痛在岁月的潮里
无声沸腾
轻轻尖叫

十一月的废墟

我匆匆埋葬十一月
绝对是个严重的错
关于这个结论
源自一场大火的记忆

整整一个月的日子都着了火
青灰色的烟雾
锁住时间流逝，锁住诗歌的胃
黑蝴蝶进去了
夜蛾也进去了
火海漫延着流向生活细节

仿佛什么也看不见
疼痛与疾病
金钱与贫穷
只是自我深处最大的隐秘

我无法救赎
在无数次生命转折的地方
他们肆无忌惮强行介入
把整场火燃向高潮

我一直装作无所谓
一直把这场大火当作
另一次结束或者开始
即使只剩烧焦的空气
抑或废墟

对一场雪失去耐性

我发誓我愿意成为一场雪的荒原
被你喋喋不休地覆盖或掩埋

那场雪隔着缘分从北方下到南方
一次次弄伤天堂的眼睛

并随手摘掉一些旧花瓣
相聚成了一座空房

关于爱情只是一场雪的记忆
它的纯粹被埋在荒原背面

把你的冬天寄给我

北风呼啸
吹皱老天的脸，褶皱由浅渐深
爱情的枝头，只剩一把剪刀
理不清的相思
不曾带来一片洁白的消息

亲爱的，把你的冬天寄给我
连同你的体温和呼吸
别忘了梦里那场一直下着的雪

小对话（代后记）

唐晋：为什么会有这一组诗？

红线女：因为他们、她们、它们、就是我的生活。酸、甜、苦、辣，痛，生、老、病、死、爱，永远都是我最关注、我最放不下的主题。

无论是认识的人，或者是陌生的，只要被我看见，被我感知，就一定会被我记得，写下。甚至，让读到的人，也记得，也念想。

我不知道这样的记得和念想有没有意义，我也不知道这样的表达入不入诗，是不是诗，但我就是想写。仿佛不写，我就有罪。仿佛不写，我就不是我自己。

唐晋：《喊号子的人》里面有着很复杂的情绪，因此，从起笔开始，你的叙述就尽可能地走向直接和硬朗，并给予语词比较充分、鲜明的定义。你试图努力将自我情绪推到诗句呈现的"现象""现场"背后，如果不那样做，正像我们平日里遇到的很多"诗的来源"，即有时候很可能变成诗或诗句的那些，往往导致你走向写作时突然升起一种茫然。由于情绪产生的结果，我们总会把更多的思路停留在"准确性"上，而这一点无疑形成重重阻碍，甚至是割裂。最终的一个后果，就是诗作变得复杂、游离，不再是你想要的那一个。

红线女：在某些生活现场，在文学场中，经常会有来表演节目的人。比如舞狮、舞龙、踩高跷等民俗表演。在那样的场景里，作为被邀请者，我们经常心安理得地吃着、喝着、看着、谈笑着、评价着，而忘记我们就在生活之中，就在这些表演之中。

喊号子的人在涪江上出现的时候，我们一大群所谓的作家诗人站在游艇上，看他们穿着蓑衣戴着斗笠划着小船，在江面上来来去去，时而喊着号子，时而摆着造型，古老而苍凉的声音划破苍穹，让我感受到生活的重量，以及活着的尊严。

唐晋：然而很多诗句乃至意象的形成和跃出，又必然是情绪的结果。《有雨落在她身上》说明了这一点。面对事实、场景，其中很多情绪是排斥思维的，它会留下不同程度的感受记忆。诗作的进行与完成，必然是感受记忆与语词经验彼此挖掘互相补充的过程。所谓思路，其最为重要的指向就是"回溯"。某种意义上，"回溯"留下了"人证"，一个诗作者是一个什么样的人，以及想成为一个什么样的人，经此表露无遗。

红线女：大雨时下时停，在农村商业银行前面的空地上，集聚了很多卖菜的人。有些是专业的小摊贩，有些是没有经验从农村来赶集的人，把自己种的蔬菜水果什么的，拿到集市上来换点零花钱。这种竭力避开城管或工商的围追而自然而然形成的小贸易市场，游走在城市的大街小巷。

诗歌里的老人，佝偻地，疲倦地，无奈地站在树下，很不专业地守着自己的菜篮。这个八十二岁的老人，她就是靠着这样不专业的卖菜生涯，养活着自己六十岁的残疾儿子。我不想去抨击什么，我也没资格说同情什么，我只是敬畏这样的生命力，以一个母亲的名义，致敬另一个伟大的母亲的灵魂。

唐晋：这一组诗显然带有极强的关注性。如果简单地去表述它们关注百姓民生，关注底层，关注广大基层的奋斗者，等等，这个归纳似乎很容易将你和你的作品类型化。事实上，这便是你生活的空间，它没有虚幻的远方和田野，也不用高贵的星光来转移且遮盖，它就是鲜活的存在，不容回避。空间里的每个人角色不同而身份一致，都在各自的命运中浮沉，但命运有着同一的走向，你用诗句描述的所有对象，其实都指向自身的种种可能。所以，你的关注不是恩赐，不是居高临下的安抚，它更符合一种透彻、切实的自观。

红线女：是的，我非常认同先生您对我的诗歌的阅读和理解。这的确就是我的生活的空间，它没有虚幻的远方和田野，也不用高贵的星光来转移且遮盖，它就是鲜活的存在，不容回避。空间里的每个人角色不同而身份一致，都在各自的命运中浮沉，但又有着同一的走向。我用诗句描述的所有对象，其实都指向自身的种种可能。所以，我的关注不是恩赐，不是居高临下的安抚，它更符合一种透彻、切实的自观，甚至是对自我心灵深处的某种救赎。

唐晋：抱歉不是很熟悉你的创作历史，虽然你的诗作陆陆续续也读过不少。在你的写作中，我们所说的这种社会现实的贴近作品占有多大的比重？你认为自己的写作风格是什么样的？

红线女：我从未想过当作家诗人。

从饥饿的童年记忆开始，我只想走出大山跳出农门；考上师范学校之后，只是为不做农村妇女而稍微松了一口气，还是不知道自己能做什么；当上村小学教师之后，也不知道怎么就结了婚；

再后来，生下了我的残疾儿子；我心疼我的孩子，我怨恨我自己为什么把他生成了这样，我有了无休止的忧伤和痛苦，我哭，我总哭，久了，我闷，我想说话，但找不到可以说话的人，于是，我开始和自己说话。这就是我诗歌生涯的前身。

如果说我的第一本诗集《频来入梦》是我的自说自话；那么第二本诗集《风中的眼睛》一定程度上开始打量世界；第三本诗集《手指上的月亮》一定程度上关注到了生活的正面和背面；长诗《大千大足》更是一本融石刻艺术于生活炼狱之中的呕心之作；《说吧，荷花》《我的岁月之书》《纸码头》等诗集中的诗，都在不同时期，不同程度，不同范畴地观照了社会现实和生活现实。

我终究是不愿意给自己的创作风格下定义，因为我还在路上。

我只想说，如果我写风，那风一定是从你家的门前吹到我家的阳台上的。如果有树被吹动了，那树枝一定会摇晃，叶子可能落下，也可能吊在半空，一颤一颤的；再如果，它们喊疼，你一定能听见；如果流血了，那颜色，一定是红的。

唐晋：《病孩子》《乐乐》也许与你的经历有关，包括《小弟》。可以具体谈谈吗？

红线女：我有很多病孩子，在我二十年的小学教师生涯里。那些只有父亲或者只有母亲的孩子，那些没有父亲母亲的孩子，那些没有父亲母亲也没有爷爷奶奶的孩子，那些有父母但父母不在家的孩子，那些身体有残疾的孩子，久而久之，他们都会成为我笔下的病孩子。

乐乐是我弟弟的孩子，他重度唇腭裂，脑子里有肿瘤，压迫他的脑神经，所以他智力低下，但他会哭，会疼，会害怕，会拥抱爱他的人。

小弟，就是我亲亲的小弟，乐乐的父亲。

这样的病孩子，这样的乐乐，这样的小弟，都在生活的最低处，都活得那么不为人知，不为人知到理所当然。我心疼他们。我爱他们。虽然，我的爱，看起来总是那么无能为力。

唐晋：作为当之无愧的大城市，重庆的当代性已然成为标志。在一种对城市的俯瞰中，人无疑是更为特殊的符号，"寄寓"的意味渐渐明显。正因为如此，每个个体价值的重要性才更为迫切地需要记录、体现，所以，你的这一组诗作在这一方面体现出了意义。希望坚持下去。

红线女：有人说诗歌是药，可以治病；也有人说诗歌有毒，染上了的人可能不得好死。而我好像没想过那么多。我觉得诗歌就是我深深爱着的一个人。她平凡而神秘。她朴实又高雅。她善良，充满了正义。她疼痛，饱含忧伤。但却让我迷恋，让我深沉，让我深深地敬畏。如果生活给予我的一切，迫使我心无旁骛地往前奔跑的话，那诗歌赐予我的绝不仅仅是快感。她还让我学会甄别，学会挑选，学会认知，学会思考。

我想起了一匹掉进深井里的老马。主人嫌它太老了，又掉进深井里了，懒得花时间和精力去救它出来，就叫人直接往井里填泥沙把它埋了。泥沙倒进来落在老马身上，起初老马异常慌张，引颈嘶鸣，愤怒，哀伤，抱怨，甚至控诉，可毫无用处。泥沙越来越多，老马开始挣扎，开始扬蹄，开始乱撞，很快就抖落了身上的泥沙。后来，它不叫了，它发现它每抖落一身泥沙，脚底下的沙子就升高了一些，外面的泥沙不断进来，它一刻也不停地抖落。泥沙越升越高，快到井口的时候，老马用尽力气一蹦，就跳出来了。

　　如今，我的生活就是这样一口深井。我的诗歌，就像这匹老马。我想，无论人间还有多少痛症，只要坚守自己，学会更辽阔地去爱，就一定能跳出井口，走出一条真正属于自己的路。